A PUPILA É PRETA
contos

Cuti

A PUPILA É PRETA
contos

Copyright © by Luiz Silva (Cuti) 2020

Todos os direitos desta edição reservados à
Malê Editora e Produtora Cultural Ltda.
Direção: Vagner Amaro & Francisco Jorge

A pupila é preta; contos
ISBN: 978-65-87746-23-4
Capa: Bruno Francisco Pimentel
Diagramação: Maristela Meneghetti
Edição: Vagner Amaro
Revisão: Viviane Marques

Texto revisado segundo o novo Acordo Ortográfico da Língua Portuguesa.
Proibida a reprodução, no todo, ou em parte, através de quaisquer meios.

Dados internacionais de catalogação na publicação (CIP)
Vagner Amaro – Bibliotecário - CRB-7/5224

C988p	Cuti
	A pupila é preta / Cuti. – Rio de Janeiro: Malê, 2020.
	108 p.; 21 cm.
	ISBN 978-65-87746-23-4
	1.Conto brasileiro I. Título
	CDD – B869.301

Índice para catálogo sistemático: Conto: Literatura brasileira. B869.301

Editora Malê
Rua do Acre, 83, sala 202, Centro, Rio de Janeiro, RJ
contato@editoramale.com.br
www.editoramale.com.br

Sumário

Custo de vida, 7
Mão boba, 9
Abraço do espelho, 11
Um retorno, 21
Atalho no descaminho, 23
O roubo, 25
Incompatibilidade, 35
Identidade ferida, 39
In-parte, 41
Obstáculos, 43
Linha cruzada, 47
Juízo final, 59
Translúcio, 61
A pupila é preta, 73
Memória suja, 77
Motivo porco, 85
O dia de Luzia, 89
Conto no copo, 93
Tratamento, 95
Suicídio, 97
Sonho, 101

Conto, 103
Sobre o autor, 105

Custo de vida

Berrou para agredir, mas a mãe fechou a porta da cozinha sem se intimidar, deixando-o no quintal de terra. Quando sentiu que o protesto não fizera efeito, chorou em silêncio, sentado no chão preto e úmido. Uma lágrima quente correu, contornou a curva da narina, depois a substanciosa espessura de seus lábios e caiu. Dentro do bolso esquerdo da camisa rota, uma nota de dois reais foi umedecida. Mas continuou incompleta para o doce. Outras lágrimas engatinharam pelo rosto do menino.

Depois, o choro se foi. A tristeza implantada nos olhos, desde que a alegria tropeçara no aumento de preço, cintilava em vão. Coçou a cabeça: "Puxa, uma maria-mole quatro reais!?..." Não se conformava com o aumento que o levara àquela privação.

Saiu pelo portão de madeira que, solto, se entortava para a rua sem asfalto. Marcou passo na madeira quase podre, pinguela sobre a valeta. Tomou fôlego e foi em direção ao botequim. À noite anterior chovera muito e a manhã turvava-se na evaporação que subia para o céu nublado daquele dia quente.

Em um canto do boteco o álcool envolvia de sonolência um homem estranho que imaginava mais uma dose de pinga gelada para refrescar, matar a sede e aplacar a ânsia daquela tontura que o anestesiava de tantos e recentes problemas reais e imaginários. As pálpebras avermelhadas ergueram-se preguiçosas com a reentrada do menino. Olhou-o como quem se espanta, ouvindo-lhe a voz que se dirigia ao dono do bar.

– Seu Maneco, a minha mãe não tem dinheiro...
– E o que tu queres que eu faça?
– Fico devendo.
– Dou-te lá umas balas.
– Não.
– Estais pensando o quê? Ai!...

A estilingada foi certeira derrubando o alvo. O pequeno armário foi aberto e o menino pernas pra que te quero com a maria-mole na mão! Depois de um forte galo cantar vermelho em sua testa, Maneco saiu gritando impropérios atrás do garoto. O homem levantou-se, foi até a geladeira, dela retirou uma garrafa bem gelada e serviu-se. Após sorver seu desejado alívio, por um instante só em cima do estrado de madeira sentiu-se dono do pobre estabelecimento, pensou em parar de beber e assumir aquele menino como filho, uma semana depois do exame de DNA ter confirmado sua paternidade. Precisava compensar os seis anos que passara fora da cidade e formar a família que nunca tivera.

Mão boba

Joaniza atravessava a praça seguindo para a escola. Um sujeito que fazia *cooper*, ao vê-la, gracejou, passou-lhe a mão na bunda e seguiu acelerando as passadas.

Ela gritou xingamentos no exato momento em que passava a viatura da ronda escolar com duas policiais.

Depois de algemado e de tomar umas cacetadas por tentar reagir, o branco começou a pensar que passar debaixo de escada, como havia feito antes de sair de casa, não era superstição, pois o destino havia sido implacável naquela manhã, fazendo-o se deparar, ao mesmo tempo, com três mulheres negras que o enquadraram no flagrante.

Abraço do espelho

Quando o som do apito furou o ar e o da bateria eriçou suas raízes, ela sufocou o que lhe vinha atormentando havia quinze dias, para ter de novo a experiência de, pelo fluxo imaginário, sentir-se tão somente energia sob a chuva de cores dos fogos de artifício, os olhares de admiração e o som dos entusiasmados aplausos. Ali, na quadra da escola, o ensaio geral permitia-lhe sonhar com o desfile e esquecer o que a atormentava. Abstraía-se completamente de tudo. Ao se tornar vibração, abria o sorriso e era como se ela incorporasse as cores verde e preta e o mapa da África, em amarelo, no centro da bandeira da Escola de Samba Unidos da Africanidade.

Sabia que ao retornar para a casa enfrentaria o dilema íntimo de seu processo de identidade. Contudo, a entrega a que se permitia enquanto porta-bandeira aliviava muito sua ansiedade pela espera da carta convocatória para a entrevista, derradeiro obstáculo. Ultrapassá-lo era o desafio. Além dele estava o emprego que tanto almejava. Queria muito que a correspondência chegasse às suas mãos depois do Carnaval, quando, então, não haveria mais confronto entre seus dois interesses, pensava. Seu compromisso com a ala das mulheres, da qual fazia parte, não se oporia à sua necessidade de adequação a um novo visual.

Das duzentas e vinte mulheres da Ala das Guerreiras, um

terço ainda titubeava em realizar o protesto pelos cento e vinte anos inócuos da Lei Áurea, alertando para a escravidão estética vigente. Das vacilantes, algumas já haviam desistido e migrado para outras alas da Escola. As mais comprometidas saíam em busca de novas participantes. Com a proposta para o próximo Carnaval, ficava evidente uma luta interna, na qual não faltavam discussões, altercações e até mesmo início de embates físicos. A esposa do primeiro negro eleito presidente dos Estados Unidos, com sua vitalidade em jornais e revistas, exibindo seu cabelo espichado, servia de argumento para as que eram contra a exaltação do crespo na avenida.

Delinda, tendo apoiado a ideia no começo e realizado a sua própria transformação, agora se encontra em frente ao espelho pensando no caminho pessoal a ser seguido.

Sempre vaidosa, depois da conversa que tivera com Maria Nzinga, e ao sentir que passou a agradar mais o namorado, sua vaidade apontou para a descoberta de sua autoestima. Ela, entretanto, não queria ser ingênua. Entendia que a aparência tinha um grande significado quando da procura de emprego. Sua mãe não contribuía para o seu gostar de si mesma. Dona Juliana apontava tudo o que, segundo ela, poderia prejudicar a filha no jogo da aceitação social. Contrariando sua própria história, a genitora chegou mesmo a aconselhá-la que evitasse namorar homens negros, dizendo que, assim, seus futuros filhos não sofreriam na disputa social. A princípio Delinda obedecera àquelas recomendações quase ordens, porém, a partir de certa idade, derivou para amizades e alguns romances com pessoas de seu fenótipo, sem, contudo, assumir tais relações no seio familiar.

A caminho do salão de beleza, hesita sob o sol a pino. A convocação para a entrevista havia chegado antes do último ensaio pré-Carnaval. Anseia por aquele emprego. A mãe viúva, com sua aposentaria e a pensão deixada pelo marido, não logra suportar sozinha as despesas da casa, ainda que o filho ajude com algum dinheiro. Delinda sente, nos seus vinte e um anos, o peso das despesas; o irmão, que desde os catorze nunca ficou sem trabalho, dela fez chacota várias vezes. Dona Juliana, em certas ocasiões, nega-lhe dinheiro para a diversão e até para a condução que a leva à escola noturna. Um ano desempregada, um ano de humilhação. De olho nas vagas por cotas raciais nas universidades, a jovem acalenta o desejo de, no ano seguinte, matricular-se em um cursinho pré-vestibular e ousar o concurso para medicina, embora tenha plena consciência das imensas dificuldades. Um emprego nessas circunstâncias surge como uma luz nas trevas das impossibilidades redutoras de seus sonhos e projetos. Por isso desafia o sol a caminho da concepção de beleza que, como acredita, dará a ela mais chances de ingresso naquela conceituada empresa de cosméticos. Disputa a vaga de secretária júnior, cargo de um salário ótimo para a sua condição, além de benefícios como o plano de saúde extensivo à sua mãe, que vem manifestando as complicações próprias da idade e dos gordurosos hábitos alimentares.

Apesar de Delinda estar decidida, as palavras da amiga de agremiação estão cravadas como brilhantes em seu orgulho: "Eu consegui mudar e não me arrependo. Gasto menos e gosto mais de mim", dissera Nzinga, com sua voz acolhedora, e acrescentara sorrindo: "Delinda, você vai ficar mais linda." Além daquelas palavras, o jovem que amava havia externado muita alegria com a sua decisão, dizendo que ambos formariam, com a mudança, um casal muito mais harmônico. Tudo aquilo agora constitui um emaranhado de cordas a travar-lhe os passos. Já parou frente à banca de jornal sem nenhuma necessidade de notícias ou qualquer outra informação; voltou para casa a fim de apanhar algo de que não vai precisar; ficou de papo com uma colega de escola; atravessou a rua duas vezes para evitar vira-latas pacíficos. Enfim, algo em si mesma trinca uma dor desconhecida.

– Pretinha, chega aí!

Um jovem de cabeça raspada acena para ela. É desses rapazes cônscios de seu valor estético na escala instituída para a beleza masculina. Da porta da Padaria das Flores, com um copo de cerveja nas mãos, ele sorri para ela como o sol a exigir mais um planeta em sua órbita. Delinda sabe do perigo daquela gravitação. E teme fraquejar, gerando um confronto entre o Don Juan e seu namorado que, se não tem as feições e o porte do outro, possui determinação e músculos para disputá-la por meio de uma luta corporal. No seu ímpeto irresistível de atrasar a consumação do que havia decidido, ela resolve atender ao chamado. Aproxima-se.

– Até que enfim, pretinha! Vivo roendo a unha por causa desse seu desprezo – ele sorri.

Equidistante, Delinda para e lhe estende a mão. Tomando-a nas suas duas, ele a beija e novamente sorri, como que fisgado por uma paixão repentina. É mesmo um camaleão emocional, como o apelidara uma de suas tantas ex-namoradas, Maria Nzinga. Ele, oferecendo o copo à Delinda, argumenta:

– Vamo fazer um brinde ao sentimento mais puro que eu tive por uma garota.

Ela ri daquela representação grotesca. Debocha dele, brinda e deixa o frescor da cerveja vencer a recomendação da mãe para que não pusesse álcool na boca.

– Vai pra aula, pretinha?

— Não. Prolongaram as férias por causa da gripe ariana que anda matando por aí.

— É... A gente precisa viver a vida, não acha? A cada hora tem um vírus atacando por todo lado. Eu mesmo quero viver o grande amor que sinto por você, pretinha.

— Você tá infectado, Roy.

— O quê?

— Ouvi dizer que seu negócio agora é só loira.

— Nada, pretinha! O mulherio fala demais. As brancas são só pra vingar a senzala, entende?

— Os pretos são sempre assim, Roy: pros bailes nas quebradas a gente serve, mas pra desfilar no shopping aí tem que clarear. E pra casar, sabão em pó. Ou melhor, papel higiênico.

— Ô, pretinha!... Isso é racismo, sabia? Você agora é também do movimento negro, é? Eu não tenho nada contra esse pessoal que fica por aí gritando pelas cotas, mas eu acho que a gente tem, cada um, de lutar por si, certo? Eu vou pra faculdade esse ano. Sem precisar de cota.

— Mas é porque tem pai que pode pagar.

— Tudo bem... — Roy engole em seco a sua conquista muito fácil em vestibular pouco disputado.

— E ninguém tá falando de cota. A gente tava falando de brancas.

Do outro lado da rua uma mulher de óculos escuros observa-os. Ao se sentir notada, atravessa na direção de ambos. Um iluminado sorriso amarelo entreabre os lábios do rapaz. A mulher, indiferente à Delinda, aproxima-se.

— Oi, Estelinha... — diz ele como que hipnotizado. Ela, passando-lhe a mão no rosto, beija-o na boca.

Delinda coloca o copo sobre o balcão e sai, deixando-os entre carícias e chamegos. "Uma velha... Basta ser branca...", pensa enquanto dá passos decididos em direção ao salão, sem parar mais uma só vez.

À noite atende ao telefonema do namorado sem entusiasmo, desmarca o encontro programado para o fim de semana, destacando a necessidade de estudar para um concurso público.

Entre serviços domésticos e enfadonhos programas de televisão, passa o sábado e o domingo sem sair, recebendo várias vezes o elogio da mãe pelo seu novo visual. A cada afago verbal da genitora, uma fisgada. E quando a mãe insiste: "Ah, filha, você está uma princesa!", Delinda retruca rispidamente: "Chega, mãe... A senhora sabe que eu só fiz isso por causa do emprego!", ao que Dona Juliana emudece, desculpando-a por seu nervosismo em face da entrevista do dia seguinte.

Se a semana passou com altas temperaturas, a noite de domingo chega com dedos gelados retirando as cobertas de gavetas, prateleiras e baús. Enquanto se prepara para dormir, Delinda, pela janela, vê que gigantes bem avolumados digladiam com suas espadas de luz e bramem pedras que se chocam ao longe.

No bairro em que mora, as casas de tijolos à mostra abrigam singulares preocupações. O improviso nas construções, a qualidade do material usado, a parte não terminada, tudo isso cochicha incômodos e perigos ao pé do ouvido de seus moradores quando o céu se convulsiona. Delinda e a mãe dormem também com tais preocupações. Gilvan, o único homem da família, agora com seus dezoito anos, é bem decidido. Havia construído um puxado que se liga à casa mantendo ao mesmo tempo uma entrada independente. Cômodo construído às pressas, lá ficaram as brechas por onde a água se aconchega em umidade. A tosse apresentada por ele antes de se recolher havia dado as mãos às outras preocupações da irmã.

Delinda acorda às quatro horas. Levanta-se, vai até a porta do quarto do irmão e, ouvindo o ressonar tranquilo, fica aliviada. Contudo, retorna às inquietações relativas à entrevista que enfrentará pela manhã. Já havia se submetido a várias, sem sucesso. Planeja chegar ao escritório da empresa meia hora antes. Vai ao espelho, olha-se. Parece outra, alguém de tempos atrás, um pouco mais frágil que a aquela desaparecida na última sexta-feira. Acha-se estranha pensando tais divisões de si mesma. Lembra algumas frases do discurso de Tilai, poderosa com o microfone na mão: "Não podemos deixar de honrar o que a natureza nos presenteou no alto de nossas cabeças. Nós, mulheres negras, somos responsáveis pela criação de uma nova e escultural estética que nos cubra de dignidade e beleza."

Admira aquela liderança da Ala das Guerreiras, seu porte altivo, suas inusitadas tranças e turbantes, além de sua verve que a levou a disputar a presidência da agremiação, tendo perdido apenas pela disseminação maldosa do boato de que ela, Tilai, era lésbica. Os preconceitos reacenderam-se no contingente heterossexual e, assim, o comando continuou em mãos masculinas. Delinda experimenta uma sensação de vergonha ao lembrar da líder, que até para as mestiças tinha argumentos: "Vamos valorizar o crespo. Se o seu natural é liso ou encaracolado, encrespe e assuma sua ancestralidade que não vai doer nada. Se alisar pode, encrespar também pode." Ao recordar tais palavras, Delinda segura o cabelo alisado e puxa-o como a querer arrancá-lo. Visualiza, em seguida, o rosto de Dilma, a porta-bandeira substituta. A ausência de Delinda permitirá à outra se realizar no desfile. Certamente ela zombará, bravateando que o seu santo foi mais forte.

Naquele fuzuê de pensamentos, Roy também lhe salta da memória sendo afagado e beijado pela mulher bem mais velha que ele. Delinda reflete que o rapaz nunca pronuncia o seu nome. Sempre a chama de "pretinha". Para a mulher que havia chegado, além do nome próprio, acrescentara o "inha" carinhoso. O seu "pretinha" sem nome seria carinhoso também? Duvida. Sobe-lhe uma onda de raiva e desprezo pelo jovem galanteador. Pensa em Leandro, seu namorado, e tem um tremor. Como se apresentará a ele que, além de ter elogiado as luzes de seu cabelo crespo, usa, ele mesmo, um arredondadíssimo black, semanalmente aparado? "Preciso do emprego", pensa alto.

A chuva lá fora intensifica seu pranto sobre os telhados. Um sono repentino traz imagens de um novo pesadelo que a faz acordar sobressaltada. São seis horas. Começa a se arrumar, preocupada com a aparência.

...

Chega a noite do desfile. Delinda brilha com os fogos e luzes da avenida em festa, com os aplausos, trocando sorriso e charme com o mestre-sala, seu primo Sérgio.

O transtorno de tentar encrespar o alisamento fora grande. Zilda, a cabeleireira dedicara-se com esmero à tal façanha, empregando babyliss, bob, bigudin, kanekalon e outros recursos, alguns inusitados. E, como última opção, apelara para o empréstimo de cabelo crespo natural, realizando uma engenhosidade escultural que dera tão certo a ponto de causar admiração, elogios e uma foto em um jornal conceituado.

Ninguém diria que sobre a cabeça de Delinda o henê havia, dias antes, feito qualquer afago. O penteado apresenta-se como uma obra de arte. Delinda chegou a chorar ao se mirar no espelho antes do desfile e lembrar o quanto se excedera, em vão, com medo da entrevista.

...

Naquela segunda-feira de receios e expectativas, havia aguardado apenas quinze minutos. Fora recepcionada por um jovem branco, de terno e gravata, porém com corte de cabelo moicano, sem tintura, mas bem ostensivo. Ele fora delicado ao recebê-la, o que a tranquilizou. Disse que o chefe logo a atenderia.

Ofereceu-lhe café e pôs-se a digitar com entusiasmo. Enquanto esperava, Delinda foi afastando as imagens do derradeiro pesadelo, no qual a namorada de Roy, completamente careca, era a entrevistadora. Convocou os pensamentos positivos, algemando as emoções em um esforço para manter as boas maneiras e a sobriedade. O ambiente da empresa de cosméticos era sofisticado. A melhor roupa que vestira parecia um pouco aquém daquele arranjo de móveis e outros itens de decoração. Procurou minimizar esse detalhe. Quando foi chamada para entrar, visitou-a repentinamente um frio nas entranhas. Os sonhos todos atrelados àquele momento entoaram uma canção de louvor. Delinda adentrou a sala resoluta.

Recebida com um amplo sorriso, não pôde se conter e retribuiu com uma satisfação um tanto desmedida. O homem à sua frente era alto e estava elegantemente vestido com um terno azul claro e camisa azul marinho. Traços de jovialidade presentes em sua fisionomia, tinha a pele escura, nariz largo e cabelos trançados que exibiam vários caminhos brilhantes. Delinda, por um mínimo instante, percorreu-os com os olhos, neles projetando seu futuro, inclusive o próximo. Na entrevista saiu-se muito bem, não só pela simpatia com que fora tratada, mas, sobretudo, porque ela havia readquirido uma confiança plena para apresentar suas qualidades profissionais. Antes de se despedir, recebeu das mãos do homem um kit com produtos de beleza, ao que ele acrescentou:

— Nossa empresa agora está com uma linha de produtos étnicos. Acho que você vai gostar. Demorou, mas a diretoria resolveu nos contemplar — e sorriu, estendo-lhe a mão.

...

Enquanto dá tudo de si nos passos rítmicos em estreita sintonia com a bateria nota dez da Unidos da Africanidade, Delinda faz malabarismos com seus sonhos. E quando vê Leandro na arquibancada, com sua recentíssima careca luzidia, sente que ali está seu homem, capaz de emprestar-lhe o que mais prezava em sua aparência cotidiana. Envia-lhe um beijo, selando uma profunda e poderosa cumplicidade. Então, ela se percebe leve e iluminada como um vaga-lume, voando igual a um beija-flor.

Um retorno

Todos eles estavam rindo gostosamente da prostituição depositada nas valas nacionais. Piadas bem arquitetadas faziam deles deuses satisfeitos com a desgraça humana. Enquanto perdurava o riso uníssono, borbulhante de cerveja, algumas crianças magras de fome, carentes de amor, andavam na noite apagada pelas luzes coloridas, pedindo, roubando, fazendo gracejos, vendendo-se em libidinais encontros, tornando-se adultas antes do tempo.

Mais uma história para rir. Um homem, vermelho nas faces, acendeu um cigarro longo. De suspense uma longa tragada, e principiou a falar, agarrando-se a um copo de cerveja. Descreveu com detalhes vários bordéis das cidades por onde viajou com seu caminhão e as aventuras com meretrizes gestantes, aleijadas e cegas. Mais meia dúzia de cervejas e ele tornou-se o dono absoluto da palavra no meio daquele grupo espontâneo. Os outros quatro ouviam interessados em assunto de tão grande importância para suas afirmações.

O monólogo virou diálogo caloroso, com a concordância de todos num ponto: quanto mais trepadas tivesse um homem em sua história, tanto melhor para a sua experiência de vida. O samba reproduzido ajudava o ritmo da conversa, até que um tango tornou mais erótico ainda o bate-papo.

O moleque chegou perto deles e pediu assim:

– Moço, me dá um dinheiro aí?

– Sai pra lá, filho da puta! – foi a resposta.

Acostumado àquele tratamento, o moleque ficou dizendo toda sorte de palavrões para o grupo que ria, ria, ria.

A mulher soltou um palavrão mais alto. O riso esfriou.

Do grupo, os olhares se entrecruzaram perguntando quem revidaria a intromissão. Pontos existenciais de interrogação no fundo negro das pupilas de cada um. Súbito, no ar uma ameaça aos risos. Silêncio em face da mulher que surgira como por encanto (ou desencanto). Ela desatou um riso acima do silêncio deles. Novo entrechoque de olhares e uma gradual convergência para o motorista que tinha o rosto em brasa viva e os olhos saltados e cintilantes, recuando defronte a mirada acusadora da mulher. A tensão encadeou todos na mesma órbita, o menino como um satélite extrapolado da roda.

A mulher, num gaguejado sorriso crescente, explodiu num grito para que todos do grupo ouvissem:

– Filho da puta com chofer de caminhão! – ecoou a voz nas garrafas lacradas, abertas, copos, adentrando ardente nos ouvidos, fazendo nascer uma luta corporal entre amantes de outros tempos.

Atalho no descaminho

 Era jovem e parecia ver a vida de cima de um pedestal. Bonita, muito bonita. A mim, seu vizinho de frente, sequer dava resposta ao "bom dia". Abaixava os olhos ou os dirigia para o alto, com um leve sorriso. Seus parentes agiam de maneira semelhante, exceto o sorriso. Eram taciturnos. Ela, com seu cabelo crespo exuberante, saía gingando seu porte escultural de harmonias. Tinha a pele bem escura de aconchego. Em meu peito, algo a mais, além das imaginárias derrapagens por suas curvas, modificara-me intimamente.
 Manhã de domingo, eu varria minha calçada, quando ouvi gritos em sua casa. Corri até lá. Ninguém atendeu a campainha. A ambulância do SAMU não demorou a chegar. Da porta a mãe me olhou feio. Os paramédicos entraram com auxiliares e houve mais gritaria. Por fim, ela saiu em camisa-de-força, andar trôpego, olhar perdido. Eu soube, pelas fofoqueiras da vila: ela havia sido, na véspera, discriminada em uma festa de aniversário realizada em um clube racista.
 Depois de muito insistir a minha solidariedade para com a família, consolá-la com meus conhecimentos de técnico de enfermagem, consegui autorização para visitá-la.
 No pátio do hospital, com a mãe e a irmã, depois de eu

cumprimentá-las, ela, do fundo de sua letargia medicamentosa, disse com dificuldade e pausadamente:

– Flávio... Flávio... Flávio...

É o meu nome. Assim fui reconhecido pela mulher que se tornou a mãe de meus filhos gêmeos, aos quais, desde muito cedo, ela ensinou a cumprimentar os vizinhos e a erguer os punhos da consciência negra.

O roubo

Num esguicho o sangue tinge a parede. O outro está morto. Agora, a carteira no bolso, o assaltante ouve ao longe uma sirene fustigando o ar, mas não se intimida. Está a salvo. Senta, abre-a e percebe que obteve sucesso. Cheia! Cheia de notas de cem. Sorri contente. Nunca antes logrou tão bom resultado. Começa a contar o dinheiro, mas para. "Não presta contar dinheiro pra fora!", lembra o que dizia a avó. Muda a posição, dobrando o maço, e passa a contar o dinheiro virando cada nota em sua própria direção. "É muito", pensa. Termina a contagem, aperta o maço como se um policial armado o abordasse, exigindo de volta o que tinha dono, embora defunto. Lembra-se do corpo no quarto sobre a cama. Precisa desová-lo. Súbito, percebe não ter planejado.

Sequestrara o homem quando este acionara o veículo que havia estacionado na rua. Ameaçando-o com a arma, ordenara-o que lhe passasse o celular e dirigisse, no que fora obedecido. Com a arma em punho, disfarçada sob a jaqueta, indicara-lhe o caminho. Com destreza, desligara o aparelho telefônico e retirara-lhe a bateria. No trajeto, o sequestrado mantivera-se calmo e procurara conversar, tentando convencê-lo a liberá-lo, sem agressão, em troca de uma boa quantia, assegurando-lhe garantias de sigilo e nenhuma delação. Não lhe dera ouvidos. Ao chegar onde residia temporariamente, acionara o controle do compacto portão da garagem, que subira silenciosamente.

Após entrar com o veículo, ao perceber o fechamento às suas costas, o homem dera sinais de perda do controle emocional e elevara um pouco a voz: "Que lugar é esse? Afinal, o que você quer? Não é dinheiro?" Mas fora intimidado com o cano da pistola apertando-lhe a têmpora direita. Silenciara, passando a obedecer corretamente às novas ordens emitidas: deixar a chave no contato, descer devagar, caminhar calmamente, parar enquanto ele abria a porta da residência, entrar, dirigir-se ao quarto e sentar-se sobre a cama de casal. Ali, tivera as mãos amarradas nas costas, os olhos vendados e uma fita adesiva larga servira de lacre para os seus lábios. Nesse ponto o homem reagira, tentando gritar e se lançar sobre seu algoz, mas só conseguira murmurar e, depois de cair e se levantar, sua jugular fora cortada. No último passo dado lançara-se sobre a cama como quem se joga em um abismo procurando salvação.

O ladrão o deixara ali, esvaindo-se, depois de retirar-lhe a carteira do bolso interno do paletó e ter tentado estancar o sangue, enrolando-lhe o pescoço com um plástico e depois com fita adesiva. Um pouco assustado, o criminoso refletira sobre a possibilidade de quase ter atirado e chamado a atenção da vizinhança. Súbita lucidez o fizera apanhar com a mão direita o canivete afiadíssimo e, num só golpe, atingir uma das veias jugulares de sua vítima.

A ausência de plano para a desova lança-o em uma reflexão indagadora: por que não fizera o habitual? Teria forçado o indivíduo a dirigir até um lugar ermo, onde seria deixado sem roupa e amarrado, depois, em outro lugar, teria colocado fogo no carro e retornado para casa. O que o fizera levar o homem à residência que alugara para aquela temporada de assaltos? Por que arriscar tanto? Pensa e se sente frustrado. Uma onda de desejo por torturar o sujeito o invadira durante o trajeto quando percebera que o indivíduo dirigia tranquilo, falando como se estivesse seguro de que suas posses seriam capazes de livrá-lo de qualquer perigo e facilmente comprariam sua liberdade. O desejo de ferir o sequestrado fora intenso. Não havia tido, até então, consciência daquele ímpeto de causar sofrimento à sua vítima. "Devia ter me controlado", pensa. Não soube e aí está, com uma bolada nas mãos, um carro importado na garagem e um cadáver no quarto. Teria algum morador vizinho percebido a sua ação?

Mantinha, desde que alugara a casa, distância deles. Era bom dia, boa tarde, boa noite e olhe lá!... Não dava atenção a ninguém. Era nada mais que um estudante vindo do Mato Grosso, com pai bem de vida, e que só pensava mesmo em aproveitar as férias. Isso explicara a uma vizinha idosa e viúva que lhe fizera perguntas e aproveitara o contato para lhe narrar a vida cheia de saudades do finado marido, um delegado que morrera em confronto com traficantes. Quando conseguira se desvencilhar dela, decidira ser mais rígido no propósito de não manter relações com ninguém. Afinal, disso dependia a sua segurança. Saía de manhã e retornava à noite. Estacionava o carro na garagem, ligava a TV, assistia a algum programa enquanto analisava o resultado de seus furtos e depois dormia o sono dos que se sentem com direito de lesar os outros por conta da história triste de menino pobre que apanhara muito do pai e nunca pudera estudar como desejara.

Às vezes, antes de adormecer, retirava um ou outro livro da estante e, sentindo a satisfação de suas relíquias surrupiadas com excelente habilidade, pensava um dia ter concentração para lê-los em paz e se assenhorar de seus conteúdos. No máximo folheava-os e, de alguns, lia os títulos. Já são dez, cada qual com uma história de furto. Dentre eles, apenas um pode-se dizer emprestado para não mais devolver. Este ele costuma acariciar, lembrando da garota que conheceu na praia. Ela insistiu para que ele levasse, pois havia acabado de terminar a leitura e estava entusiasmada com a história. Ele devolveria quando pudesse. Segundo ela, trata o romance da história de uma família africana trazida para o Brasil na época colonial e da luta dos descendentes para sobreviverem até a atualidade. Realçara que o nome da autora era o mesmo seu – Eliana – e que, assim, ele não a esqueceria. A jovem, que pareceu sonhadora, olhar nas nuvens, cativou-o. Por isso, quando pega o livro, sente a mão suave, os dedos longos, a tez escura, como se esses detalhes o acalentassem em uma instância bem íntima de si. Mas naquele olhar de mel misturavam-se ingenuidade e algo indecifrável, o que lhe causava um intenso ímpeto de atração e, ao mesmo tempo, repulsa. Esta última sensação associou-se ao seu profissionalismo e afastou em definitivo o propósito de um próximo encontro. Mentiu o endereço, o número do telefone, surrupiou-lhe o celular e deu-lhe adeus, prometendo devolver-lhe o livro em breve. Quando o tem nas mãos não sente remorso algum, mas indaga a si sobre uma palavra que não entende, e balbucia o título: *Água de Barrela*. "O que será barrela?", pensa. Mas teme saber o significado. É quando lhe vem a indagação daquele olhar castanho. Tenta ler algumas páginas da obra, mas não consegue. Lê apenas as palavras. Ao fim da página os significados estão soltos, não se juntam. E quando se aglutinam, assemelham-se a ilhas de sentidos em um mar de mistério. Tem vergonha de jamais ter lido completamente um livro, contudo, eles o fascinam. Por isso, em todas as suas operações por cidades das mais diversas do país, rouba-os, mesmo que seja para abandoná-los depois.

Ele se dá conta de que, no carro estacionado na garagem, há livros no banco traseiro. Afasta a lembrança do corpo, abre a porta bem devagar, vai até lá e, admirando o luxo do veículo, apossa-se deles. São dois livros de arte. Coloca-os sobre a mesa da sala e passa a contemplar as imagens. Extasia-se com as pinturas de Salvador Dalí e, depois, encanta-se com as de Claude Monet. Nesse eflúvio chega à madrugada. Cometeu o sequestro às vinte horas e já são três horas. O problema do corpo estende-se nitidamente em seus pensamentos. Bebe uma cerveja e se põe a planejar o que fará para solucioná-lo. A experiência e os detalhes de filmes policiais a que assistia regularmente orientam a sua ação, sobretudo no tocante ao apagamento das pistas.

...

Retorna à noite com o seu próprio carro que havia deixado em um estacionamento no centro da cidade. O plano de fuga definitiva do lugar já está em órbita regular. O montante de dinheiro conseguido anima-o. Além da carteira que retirara do bolso do paletó da vítima, descobrira outra no porta-luvas, mais uma pequena maleta sob o banco do motorista, em uma discreta gaveta, ambas com muito dinheiro. A quantia lhe garante tirar excelentes e longas férias do ofício e até mesmo fazer o seu pé-de-meia. Não precisará mais se arriscar contatando receptadores de objetos furtados. Vai poder descansar. Quem sabe, ler seus livros. Lembra de Dalí e se entusiasma com a ideia. Nunca roubou um só livro de arte antes. Agora tem dois. Sente que leu ambos, os primeiros de sua vida. Afinal, contemplara todas as páginas com imagens. De texto, havia só as páginas iniciais de prefácios e as legendas, as quais saltara sem nenhum esforço para decifrá-las. Aos títulos dos quadros também não deu a menor importância. A ideia de um dia ler de fato mais o alegra. Porém, retoma a preocupação urgente: precisa sair com discrição. Pensa na desculpa para não cumprir a locação de temporada até o fim estipulado no contrato. Já ligou para o seu comparsa instruindo-o. As três semanas no lugar foram muito lucrativas. Pensa em seu sucesso como ladrão.

Não fosse os dois latrocínios que praticara desde o dia em que decidira enriquecer com roubos, poderia dizer que havia obtido completo sucesso na atividade, sem qualquer arrependimento. O corpo recém-desovado não incomodava mais. Porém, o menino... Por que a mãe tinha reagido? Ao tentar atingi-la, errara e a bala fora certeira no peito da criança, bebê ainda. Na ocasião, fugira de moto a toda velocidade. E, desde então, a cena, de tempos em tempos, perturbava-o, inclusive com alguns pesadelos que, de súbito, faziam-no acordar assustado. Dois anos e ainda experimentava aquela sensação de culpa e arrependimento.

Enquanto faz as malas, aquele episódio parece lhe causar lentidão nas pernas e braços, como a querer amarrá-lo em algum canto da casa e denunciá-lo. Era uma bela criança. Quando surpreendera a mulher abrindo a porta do veículo e lhe apontara a pistola, ela paralisara em um mudo pânico. Instantaneamente ele olhara para a criança que, na cadeirinha presa ao banco traseiro, lhe saudava com um lindo sorriso banguela, mexendo os bracinhos como a pedir colo. Percebendo sua atenção desviada, a mulher lançara-se sobre ele tentando desarmá-lo. Na luta, o tiro. Ao perceber que o bebê fora atingido, evitando apertar o gatilho de novo, desferira uma forte coronhada na cabeça da mãe e se evadira do local com a cena presa à sua memória para sempre com garras de remorso.

Com esses pensamentos, o cansaço põe em marcha uma artilharia pesada. Antes de raciocinar o quanto precisa de repouso, este aterrissa com suas asas noturnas e desliga-lhes os neurônios da vigília. O que lhe parece um lapso de escuridão é ferido por um raio de luz. Consulta o celular: 06:00. Lucidez em pé, lava o rosto e retoma a arrumação das malas. Súbito um propósito se agiganta em seu coração. Adotará uma criança. Há de ser pai, um pai diferente do seu. Sim, um pai diferente. Com esses pensamentos – a bagagem já no porta-malas –, senta-se ao volante para partir, sair daquele lugar onde praticou mais um homicídio. Sabe que, pelos disfarces que usa, as várias identidades falsas, o cuidado com que apaga suas pistas, dificilmente será preso. No país só 20% dos homicídios são investigados e, destes, apenas 8% resolvidos. Lembra do especialista, em noticiário televisivo, apresentando tais dados estatísticos. É só continuar tomando cuidado. Dá partida no veículo. Quando vai acionar o controle da garagem: "Dalí e Monet!?" Esqueceu os livros. Devem estar sobre a mesa. Espanta-se com a própria intimidade súbita em relação aos artistas, como se fossem velhos conhecidos quando apenas se encantara com a reprodução de suas obras. Desliga o veículo e retorna para apanhar os volumes. Não estão na sala. Dirige-se ao quarto.

Sobre a cama, sua antiga vítima – o bebê – brinca de folhear os livros. Volta à sala, suando um pavor frio, o coração dando *jabs* potentes. Tenta *automurmurar*: "Calma! Calma! Calma! É só ilusão... Mantenha o controle... É pura ilusão." Tenta, mas só consegue pensar. A voz própria que gostaria de ouvir não encontra eco em sua boca. Vai sendo invadido por uma incontrolável vontade de chorar e um imenso aperto por dentro. Sentindo-se afogar, puxa a pistola, aperta o cano contra a fronte latejante. Soa a campainha.

Despenca do transe para o raciocínio. "Quem será? Nunca ninguém tocou aqui...", indaga-se. Aguça todos os sentidos como um felino em perigo, doendo-se ainda pela inesperada contração de si. Repassa todos os detalhes desde que decidira operar naquela cidade: rota de fuga com acesso rápido à rodovia; ausência de câmeras na rua e nas redondezas, onde só localizara uma, local evitado sempre; considerável distância do posto policial; ausência de comércio nas imediações. Um detalhe desconsiderado, mas agora importante: ausência de olho mágico na entrada.

Abre uma fresta na cortina, mas não consegue ver a porta. A ramagem que desce formando um caramanchão dificulta que se possa enxergar a pessoa.

Lembra do bebê no quarto. "Ilusão!", murmura-se. Será outra ilusão a campainha? Desfaz tal possibilidade observando um movimento atrás da folhagem. Apura os olhos. Sim, há um deslocamento vagaroso de alguém ali. Na rua, sobrados e bangalôs do lado oposto dormem placidamente na manhã de céu azul, azul. De novo a campainha dispara-lhe uma pontada de desespero contra a qual reage com um escudo: "Ninguém pode me vencer!" Respira fundo e readquire o equilíbrio. Vai até a porta e diz:

— Pois não?

— Sou eu, a sua vizinha do 173. Eu fiz um bolo e trouxe um pedaço pra você tomar o seu café.

Lembra da senhora que no primeiro dia o interpelara e que, certamente, deve estar curiosa em estabelecer contato para aliviar a solidão. Mentalmente diminui o alerta vermelho. Abre a porta. É recebido com um sorriso entre rugas tostadas de sol. A vizinha segura uma bandeja coberta com um pano de prato sob o qual se delineia a metade de um bolo redondo. Ele, comovido, mas sem demonstrar, agradece e, como ela permanece na porta, olhando-o e rindo, escorrega na gentileza:

– A senhora gostaria de entrar um pouco?

– Claro, meu filho! Pensei que você nem ia me convidar. Os jovens de hoje estão tão desleixados com os idosos.

– Não é o meu caso. Aprendi desde cedo a respeitar os mais velhos.

Antes que ele apontasse a poltrona, a vizinha já se sentara, dirigindo ao ambiente um olhar de persistente curiosidade.

– Nossa!... Tudo tão arrumado!... Você está indo embora?

– É... Vou precisar voltar. Meu pai não está muito bem, sabe... Teve de ser internado.

– É grave, meu filho?

– É, teve um AVC. Eu já estava de saída, desculpe...

– Ah, meu filho, então eu não vou tomar mais o seu tempo. Você pode comer o bolo na viagem que certamente é longa.

Ela se levanta, estende-lhe a mão e diz, com um enigmático sorriso:

– Foi um prazer conhecê-lo... Qual é mesmo o seu nome?

– Eduardo. Desculpe, mas a senhora sabe...

Dirigindo-se à porta, ela, por cima do vestido, coça a coxa direita:

– Ai, ando com uma coceira ultimamente!... Deve ser urticária. Por favor, abra a porta pra mim. Não presta visita abrir a porta. Os antigos diziam que dá azar – ela argumenta e se põe o máximo que pode às suas costas.

Movimentado o trinco, puxada a porta, depara-se com Eliana apontando-lhe uma pistola e sente um cano de arma no centro de sua coluna. Ouve a voz da vizinha.

– Ajoelha devagar, vai levantando as mãos e coloca em cima da cabeça.

— Tudo bem, Michel? – diz Eliana.

— Michel, Eduardo... Quantos nomes, não é, Romualdo? – acrescenta a vizinha.

Já com as mãos algemadas e os canos de duas armas sobre a cabeça, lembra de um detalhe: o celular de Eliana, no fundo de sua mala. Uma intuição risca-lhe o pensamento: ela possuía um quê, algo nos olhos que lembrava a mãe do menino. Treme. E, sem controle, balbucia:

— O menino morreu?

— Não. Está vivo e andando – responde a policial. E prossegue: – Mas a mãe toma remédio forte até hoje e... – Romualdo não ouve a sequência da frase. De olhos fechados, é tomado por um inusitado conforto, mesmo sendo levado por outros policiais e colocado na viatura.

Incompatibilidade

Gilberto iniciaria o período de férias com um desconforto. Em seu retorno, Jonas, seu amigo e chefe do departamento em que trabalhava, não mais voltaria, pois mudara de empresa. Seu substituto seria apresentado, chamava-se Marcos Santana, engenheiro. Sendo o encarregado, Gilberto recebeu o convite do titular para, logo após o almoço, fazer parte de uma reunião com o novo chefe.

Tal foi a sua surpresa: o homem risonho e muito elegante que lhe foi apresentado havia sido um camarada de colégio. Essa coincidência, que poderia servir para reatar uma antiga relação de amizade, contrariou o encarregado, que foi possuído por uma repentina aversão de difícil disfarce. O estômago deu sinais de indigestão. E, sendo indagado pelo outro se faria alguma viagem nas férias, respondeu secamente:

"Não, senhor!", com os olhos pregados no chão. Nenhuma receptividade para a efusão do reencontro que o engenheiro manifestava.

– Então, amanhã farei uma visita a você, Gil. Aproveito que é sábado e não trabalhamos. Aliás, preciso mesmo conversar sobre o serviço e relembrar os velhos tempos.

Gilberto quis negar, mas não teve jeito. Temeu futuras

represálias profissionais e calou-se, implodindo seu rancor: "Ser mandado por um cara desse!" Ao sair da sala rangeu para si mesmo os desprezos que lhe fizeram subir a pressão.

Disposto a não receber o ex-colega, avisou a esposa que iam sair no dia seguinte e pediu que avisasse o filho. Iam "passear", embora não tivesse definido nenhum programa. Estava em uma profunda clausura de despeito e ódio. "Como um cara desse conseguiu estudar?!", pensava, arrependido por ter abandonado o segundo grau sem tentar curso superior.

Dormiu irritado e teve pesadelos. Acordou disposto mesmo a não receber a visita. A mulher percebeu sua carranca, mas não comentou. Afinal, o marido era daqueles que exigiam respeito a seu mau humor. Enquanto bebericava uma xícara de café, pensava para onde ir, assim, sem planejar nada, dinheiro curto no bolso, a crise financeira, a ameaça de demissões na empresa... E, no impasse, ele ficou por longo tempo ruminando inquietações.

A campainha soou. Tremeu. Um ligeiro frio subiu-lhe pela espinha. "É ele. Só pode ser aquele preto!", regurgitou. O filho de quatro anos, que brincava com um pião na sala, foi chamado.

– Júnior, vem cá! – resolveu não acrescentar a advertência que já fizera ao garoto para não estragar o piso. – Faz um favor pro papai: vai lá fora e diz pro sujeito que apertou a campainha que eu não tô, que eu saí e só volto à noite.

O pequeno saiu porta afora.

Gilberto preocupou-se. E se não fosse o Marcos Santana? A hipótese o fez pensar em outras pessoas. Encafifou com a possibilidade de ser o técnico da geladeira que era esperado desde a semana anterior. O filho demorava. Pensou em olhar pela janela, mas receou ser visto. Teve um ímpeto de sair. Não podia. A imagem do ex-colega tinha se tornado, em seus rancores, repulsiva. Ao meter a mão no bolso para tirar um cigarro, o filho entrou e bateu a porta.

– Quem era? – perguntou-lhe.

O garoto, com um sorriso de quem tinha tido uma boa prosa, respondeu:

– Era o amigo do senhor. Muito legal ele.

– Que cor que ele era, hein?

– Não sei!

– Como não sabe? – esbravejou.

– Não sei! Não sei! Não sei! – insistiu o menino, com toda a convicção e plena consciência de que mentia.

– E o que foi que você falou pra ele?

– Eu disse: "o meu pai mandou dizer que não tá, que saiu e só volta à noite."

Identidade ferida

– Mão na cabeça! – gritou o sujeito com o revólver em punho.

– Que isso, patrício?

– Que patrício o que, meu! Aí, ó, não se mexe, morô?! Tira o relógio na manha, certo?! ...

– Ô, meu irmão, a gente é da mesma raça, truta...

– Quem tem raça é cachorro, ô panaca! Vai se fodê! E me dá o baguio rapidinho – disse o outro, arrancando-lhe o relógio do pulso. E prosseguiu ameaçando-o:

– Mão pra cima, negão! Agora a grana, vamo!

– Ô, meu irmão!... Só tenho a grana da conduça...

– Não tenta dá uma de esperto comigo não, hein, mano, que eu te sento o dedo, hein! – retrucou e apontou a arma em direção ao peito do outro. Seria um tiro à queima roupa.

– Polícia!

– Arma no chão e mão na cabeça! Devagar! Se vacilar, a gente atira!

– Tá cercado! Perdeu, vagabundo, perdeu!

Virou-se devagar. Passou uma cena de faroeste pela cabeça. A erva fumada não dava trégua ao medo. Imaginou-se o mocinho daquele enredo. Foi abaixando a arma, mas, num repente, saltou feito um gato, atirando. Sem sete vidas. A única logo se foi esvaindo na concentração daquelas queimaduras intensas que lhe atravessavam o corpo. Viu dois homens negros e dois brancos. Ergueu a mão para o que estava desarmado.

— Dá uma ajuda aí, mano!... — mas tudo foi ficando longe, envolto em trevas brancas de um poço sem fundo no qual despencava.

In-parte

O tiro deu rebote, mermão! João Prata foi po brejo. Vestiu paletó de pau.

Era sarado, tinha grana, aí achava que era o rei da cocada preta. Na vida dele cacau era tudo. E, ó, tinha virado colarinho branco, irmão! E engomado. O negócio dele era licitação fajuta, morô?! Além de outros trambique. Fazia desvio até de merenda escolar e remédio de hospital público. No dia que tava de mala cheia, aí ficava doidão. Cafungava três carrêra de coca da boa e aí chegava na casona dele e descia o sarrafo na mulher até ela ficar vendo anjo voando de baique.

O cara curtia vê a mulher se debatendo. Aí ele fazia o teatrinho dele: tava arrependido, nunca mais ia fazê aquilo, o trabalho é que deixava ele estressado... E por dentro: quá-quá-quá! Depois, vinha a cascata: jurava amor eterno, dava um mimo, dizia que ela era a mulata mais linda do mundo. Pô, mermão, chamá mulher preta de mulata, tem umas que gostam, mas outras não tão mais nessa não. Mas o malandro fazia tudo aquilo com a única intenção de transá com a vítima toda esculachada depois das porrada dele. O cara curtia metê ouvindo o choro e o gemido de dor da mulher. O galo cantava satisfeito.

Mas, um dia, quando o fanchona chegou, antes dele erguê o braço, ela pagô assim pra ele:

– Benhê! Me bate!

Porra, meu chapa, aquilo quebrô as perna do vagabundo. Ele ficô invocado. Não batia porque era vontade *dela*, mas *dele*. E tinha acabado de faturá uma grana da hora, com cobertura de policial e fiscal da Receita?! Tava montado no lucro. Queria um sexo nervoso. Mas, pra não ficá por baixo, saiu com essa:

– Nunca te bati de propósito. Sabe bem disso. Vamo pro cinema hoje.

Queria dá corda pra ela e depois deitá e rolá do jeito que ele gostava.

A mulher ficô na dela. Nunca tinha ido com ele pra cinema nenhum. Sacô a armação.

Foram.

O cidadão até comprô pipoca e refrigerante, amizade! Só pensano no depois. Entraram no escurinho. Antes do bangue-bangue acabá, depois daquele pipoco todo de filme americano, bandido morreno de montão, caranga bateno uma na outra e pegano fogo e tira se safano por milagre, ela saiu sozinha, na manha. O mané ficou dormino com um punhal espetado no coração. E ela ainda furô o olho verde do cara, xará! Os dois! E depois vazô. Ninguém viu mais ela. Chá de sumiço geral...

O que, amizade? Como é que eu soube da história? O milagre vá lá, mas o santo... Aí não, né, mermão! Segredo de Estado.

Obstáculos

Janaína vai encontrar o namorado para, juntos, irem a um evento que contará com a presença de Angela Davis. Porém, não sabe se o resultado do exame médico revelará algo que atrapalhará seus planos de ter uma noite agradável, revendo amigos, além de conhecer a grande estrela militante. "Por que será que não me ligou?", pensa. "O resultado tava marcado para hoje!", intriga-se. Nuvens de medo passam apressadas e acinzentam o seu íntimo. As mesmas que desde a notícia do tumor a assediam diariamente. Lembra da beleza do namorado como quem dimensiona o risco. Rememora que sua imagem a arrebatara desde a primeira vez que o vira, no baile de samba-rock. Dela o senso estético alterou-se.

A beleza dele a fizera retomar sua autoadmiração diante do espelho. Em suas divagações disputou com ele e, por fim, construiu para si, o ideal de afinidade entre ambos. Eram belos, concluiu. Fosse somente o aspecto físico do rapaz, o resultado ficaria restrito à admiração. Algo, entretanto, mais profundo havia ocorrido, o que pôde perceber a partir do dia seguinte. Não havia dançado com ele que, percebeu, era bastante disputado a cada nova sequência musical por garotas que o cercavam. Contudo, trocaram risos e olhares de uma inusitada cumplicidade. Aproximaram-se ao término do baile, passaram rapidamente seus contatos e se despediram, seguindo com os respectivos amigos para lados opostos.

Em menos de um mês passeavam pelas ruas de mãos dadas e faziam planos para o futuro. Inteiraram-se com as respectivas famílias, das quais receberam aconchego caloroso. Exceto de Milena, irmã de Janaína, que diante de Fabrício experimentara sensações de encantamento, sem, no entanto, correspondência de risos e olhares. Na relação entre as irmãs, desde sempre balizada por disputa pela atenção dos pais, principiou-se o crescimento de novos espinhos. Qualquer banalidade era motivo para discussão. Hoje já discutiram pelo sumiço de um batom. Revidando as agressões verbais da irmã mais nova, Janaína reacende a discussão sobre cabelo alisado à chapinha ou à pasta. Xinga-a de alienada. A irmã revida, acusando-a de racista.

Sai de casa altiva como sempre, apesar do bate-boca. Desconfia do motivo principal, porém se reserva de uma acusação que pode ferir mais agudamente a autoestima da irmã que, aos vinte e dois anos, jamais teve um namorado.

Caminha devagar, a preocupação retomando a ansiedade pelo resultado da biópsia de Fabrício. Não lhe faz muitas perguntas sobre o assunto, ciente do quanto ele o evita. Por isso, ao invés de ligar, vai ao seu encontro, temerosa, mas resoluta para encarar o que for.

Depois de caminhar quase uma quadra em direção ao ponto de ônibus, percebe um carro aproximando-se. Começa a segui-la, bem próximo ao meio-fio. Ouve alguma coisa confusa de dentro do Jeep Renegade vermelho. Talvez alguém querendo informação, pensa. Para. O automóvel também para. Ela olha em direção ao motorista, e diz:

– Pois não?

– Quanto é a trepada, crioula? Se não for muito caro é só subir!

A raiva é que subiu feito labareda. Sem dizer palavra, encarou-o ameaçadoramente. O outro, intimidado, sorriu um desconserto tentando uma ironia:

– Não quis ofender... Era só uma voltinha...

– Racista desgraçado! Tá pensando que eu sou tua mãe, seu merda?! – grita e pega uma pedra de uma poça de lama.

O carro canta os pneus, depois de ser atingido na porta lateral traseira. No cruzamento, entra na contramão. Ouve-se um estrondo. Ela morde os lábios, segue seu caminho e corta a transversal sem olhar para o acidente, que já conta com pessoas cercando o veículo colidido com um caminhão. Apressa os passos. Chega ao ponto. O ônibus vem. Dá o sinal, entra, senta, buscando autocontrole. Um turbilhão de palavrões que poderia ter dito agita-se com apreensões múltiplas. Seria denunciada pela pedrada? Teria o branco morrido no acidente ou se machucado muito? Nesse ponto, um desejo de vingança assanha-se no seu íntimo. Mas seu batimento cardíaco segue acelerado. Perde a noção do tempo. Acaba por descer dois pontos adiante. Finalmente chega à casa de Fabrício. Diante do portão, respira fundo. Sente tremor nas mãos. A direita dói como se ainda apertasse a pedra. Faz respiração abdominal. Fecha e abre os olhos várias vezes, até que um alívio escorre morno. Enxuga-o com um lenço de papel tirado da bolsa a tiracolo.

Após apertar a campainha, é recebida por Dona Ilenam, mãe de Fabrício, que a convida para entrar, evitando encará-la. Depois de certa hesitação, diz:

– Deu negativo. Mas... Houve alguma confusão na clínica, na

hora de entregar o exame, sabe, Janaína. Não era o dele. Eu é que notei. Um nome muito parecido. Ele voltou lá. Não tá bem, depois da euforia toda.

– Ele foi sozinho?

– Foi. Eu queria ir, mas ele não me deu atenção. Tô muito preocupada. Ele pegou o carro tão nervoso...

– Faz tempo que saiu?

– Quase uma hora. Não é longe. Já devia ter voltado.

A moça não se contém e tenta uma ligação, que cai na caixa postal. Ambas se olham apreensivas.

– Vem! Vem aqui pra cozinha. Vamos fazer alguma coisa pra gente. Ele deve chegar...

Em silêncio, já bebericando o chá quente, elas ouvem o barulho do automóvel sendo estacionado na garagem.

Janaína levanta-se. Sai. Percebe Fabrício sentado ao volante, o olhar no vazio. Ela abre a porta ao lado e senta-se.

– Não tive coragem – diz ele, estendendo-lhe o envelope lacrado.

Num ímpeto, como quem desfere um golpe no pior inimigo, ela rompe o lacre. Depois de um tempo com o resultado nas mãos, suspensa em um amplo riso, Janaína diz:

– Bobão!

E se beijam com uma intensidade jamais experimentada antes.

Dona Ilenam espia da cozinha e agradece:

– Saluba, Nanã!

Linha cruzada

Tornou-se um alcoólatra. Desses que bebem à noite e, pela manhã, sofrem com a estridência da gastrite e são agredidos pelos punhos da enxaqueca.

Uma nuvem escura mete a lua no bolso. Ele se mela em um sono profundo, a cabeça entre os braços arriada sobre a mesa. Seu companheiro fala sozinho por uns trinta minutos. Depois, percebendo, dá-lhe um esculacho – em vão –, bebe o resto do seu e do copo do amigo e, trançando as pernas, sai para ao encontro da noite.

Os braços escorregam da mesa e se estendem como dois remos inertes ladeando um barco parado. Como de outras vezes, o dono do bar vem atender ao "sócio honorífico", que é como ele e seus funcionários referem-se a Aristarco pelos cantos das risadas. Chega preparado com o pano em punho para limpar o vômito. Não esquece também o talco para passar no paletó do professor. Vem assobiando para cumprir sua rotina. Toca-o levemente no ombro, balança-o várias vezes. Insiste. Nada. E não consegue deter a queda lenta, porém decisiva.

Era amado por todos na escola em que lecionava, em particular pela professora Lidiane, cujos sentimentos de respeito, gratidão e amizade foram gradativamente associando-se ao desejo de contato físico. A princípio os abraços se tornaram mais prolongados e, quando ele havia encerrado o seu, ela continuava apertando-o contra si. Depois, sempre que percebia não estar sendo notada por ninguém, olhava-o derramando ternura sobre ele como se a distância que os separava pudesse ser cancelada por aquelas ondas nascidas do seu mais íntimo sentimento. Aristarco não percebia. Era todo coração, apesar da matemática que ensinava. Sua atenção para com as mais diferentes pessoas, seu doar-se quando se tratava de resolver problemas que elas estivessem vivenciando, sua participação nos destinos da comunidade escolar, tudo demonstrava que o sacerdote que não conseguira ser ainda mantinha a sua propensão: o desejo intenso de se doar.

Quanto à discriminação racial que o impedira de seguir o que acreditava ser a sua vocação natural, apesar da mágoa, suplantava-a com o perdão que o colocava acima de seus antigos algozes. Flanava, impulsionado também pelos ventos dos cálculos matemáticos a que se dedicara com afinco desde os primeiros anos de seminário. Olhava as pessoas como exemplos da imensa experiência humana no vale de lágrimas que era a vida. Penalizava-se de todos, menos de si mesmo, pois se atribuía a responsabilidade de consolar os que sofriam.

Havia saído de Jundiaí disposto a encontrar a paz perto do mar. Seis meses em São Paulo, São Vicente foi o próximo destino, pela sua antiguidade na história do Brasil, o que remetia Aristarco a certa nostalgia nutrida pelo passado pátrio, cujas motivações lhe eram obscuras. Mas, a primeira cidade do Brasil guardava algo que lhe era consciente: o desejo de encontrar o pai.

Muito criança ainda, ouvira uma referência da mãe sobre o homem com quem se deitara um dia para que aquele único filho nascesse. Tratava-se, segundo ela, de um marinheiro que, vindo da Itália, resolvera não mais retornar e permanecer na cidade de Santos e depois se mudara para São Vicente. Ainda que fosse italiano, não se tratava de branco. Filho de um comerciante senegalês que vivera na Itália, lá nascera, de mãe autóctone, que morrera no parto.

Aos dezoito anos, seus traços faciais exaltavam os ancestrais negro-africanos. Só a pele e os olhos mais claros que os do pai, além do cabelo crespo mais volumoso, davam sinais de sua mãe branca. Com tal fenótipo, o jovem Amadou Bombardier já possuía a sua coleção de enfrentamentos às agressões racistas, o que o impulsionou a ingressar na marinha mercante e viajar pelo mundo, abandonando seu genitor. No Brasil encontrara sua paixão, por isso regressara inúmeras vezes.

Após um retorno de longa ausência, ainda em viagem, decidiu ficar. Porém, sua amada, desiludida pela espera, já ganhara a Serra do Mar, com o filho de ambos na barriga, para tentar a vida em São Paulo. O menino era a sua família. Ela, por sua vez, não conhecera os pais e fugira da casa de um tio extremamente severo onde fora criada. Prendada, não teve dificuldades para encontrar trabalho. Não conseguindo, porém, lidar com a educação do garoto e labutar para sustentar a ambos, procurou um colégio interno. Era uma escola religiosa. Foi durante os estudos que seu filho apresentou interesse pela vida religiosa. Havia tido uma revelação, ainda aos catorze anos.

Após o fim do ensino médio, seguiria para o seminário de um município próximo. Mesmo com o carinho de mãe expresso em visitas constantes, além da dedicação intensa aos ditames do evangelho pelo então jovem, este não alcançou a ordenação. Hipócrita seleção racializada o excluiu com justificativas acusatórias, mesmo que, anos antes, a pastoral vocacional o tivesse sinalizado com a devoção ao sacerdócio. Amargou aquela frustração e, além dela, precisou conviver com algumas marcas de pedofilia encravadas em sua memória. Ao atingir a maioridade, a mãe enferma, exaurida por tanto trabalho, Aristarco resolveu deixar Jundiaí e, com recomendação do bispo Dom Olavo, conseguiu que portas se abrissem para o mundo do magistério.

Primeiro foi à capital. Depois, retirando a mãe do asilo em que a havia internado, fez o caminho de volta para o litoral, de onde saíra ainda no ventre. Além do objetivo de dar uma vida digna para Dona Alcinda, queria firmar a sua masculinidade aviltada pelo padre Sólomon. Seu principal plano era o de gerar muitos filhos. Mas, com o tempo, tal ideia se arrefeceu, dando lugar à reflexão sensata a respeito das dificuldades para um homem sustentar uma família numerosa. Assim, tomando sua castidade como a um troféu, ainda que não tão lustroso, decidiu continuar virgem, dedicar-se aos estudos, ao trabalho de professor e, sempre que pudesse, a ajudar o próximo, praticando, assim, o que acreditava ser a sua vocação revelada.

Na casa da Rua Luiz Gama, fundos, quase esquina com a Rua Iolanda Conti, achou que havia encontrado o caminho de, como professor e arrimo de família, conseguir ser alguém e, um dia, quem sabe, decifrar o seu enigma paterno. Sua mãe, recuperada dos agudos processos depressivos e anêmicos pelos quais passara, retomava o viço que fazia realçar o seu porte. Era uma mulher de pele escura, elegante e de rosto esculpido pelos mistérios dos genes da beleza.

Lecionando na Escola Estadual Yolanda Conte, Aristarco passou a ter a participação da mãe nas despesas da casa, já que ela resolvera trabalhar em um restaurante como cozinheira, exímia que era naquela atividade. Preocupava-se com ela, cujos dotes físicos, mesmo com os seus quarenta e seis anos, a colocavam em risco de ser assediada.

A escola, tirante o professor Efeso, fiel ao ilusionismo da hierarquia das raças, e alguns alunos alimentados no berço com a mesma falácia, recebeu bem o novo professor de matemática, conhecedor do latim e de outras línguas, ex-seminarista, vindo da capital. Realçava entre as considerações as de uma professora substituta, de língua portuguesa, a responsável por lançar o novo colega na perigosa encruzilhada dos sentimentos e desejos. Depois de muitos abraços trocados com Aristarco, Lidiane, cobrindo o horário noturno de uma colega em férias, no retorno para casa, ambos acabaram saindo juntos.

– Onde o senhor mora, professor?

– Eu moro perto. Nem preciso de condução. Ali, na Luiz Gama.

– Jura? Então, somos vizinhos. Eu moro na Iolanda Conte.

– O mesmo nome da nossa escola?

– É, só que com "i". Não sei por quê. Acho que deve ter sido a mesma pessoa.

– Ah, sim, a nossa escola é com "y". A letra mais bonita do alfabeto.

– Também acho... Mas é um pouco longe, professor! É perigoso ficar andando por essas ruas de noite. Se o senhor não se incomodar, eu posso dar uma carona pro senhor.

O insistente uso do pronome de tratamento impunha uma distância confortável para Aristarco, apesar de não disfarçar certas fagulhas que dos olhos da moça anunciavam uma fogueira.

A lua nova, o relaxamento da missão cumprida com as difíceis turmas do horário noturno, nas quais misturavam-se jovens trabalhadores cansados, outros plenos de revolta pelo desemprego que os humilhava e uns irritados pela falência de sentido da vida, para ambos os professores, agora livres das tensões, tudo contribuía para uma vontade de prolongar a conversa. Além de tudo, era sexta-feira. Ele aceitou a oferta, porém, sem que ela percebesse, se benzeu antes de entrar no carro, pois uma luz inesperada havia se acendido em seu íntimo, ao que relacionou à graça divina pela sua dedicação matinal ao Miserere durante toda a Quaresma que se findara. Aquela música, subindo momentaneamente ao seu coração, fazia-o lembrar a máxima de Santo Agostinho: "Cantar é orar duas vezes."

Com a trégua das águas dos fins de março, que haviam causado sérias enchentes na região, o mês de abril florescia uma agradável temperatura e à noite estrelas.

Lidiane dirigiu em baixa velocidade. Ao chegar na Avenida Martins Fontes para atravessar a grande via Marechal Rondon, disse em um impulso:

– Professor, o senhor tem um tempinho pra um sorvete na biquinha?

– Sim, claro! – respondeu Aristarco, já possuído por um agradável calor corporal, porém surpreso com a própria resposta.

A conversa fluiu animada, um deslizando para dentro da história do outro como quem mergulhasse em marolas de cremoso calor. Os sorvetes potencializaram a sinergia e aumentaram a temperatura do entusiasmo entre eles. Ao retornarem ao carro, caminhando pela Praça 22 de Janeiro, em que as múltiplas árvores sob as luminárias criavam abrigos densos de sombra, suas mãos e seus braços se encostaram e, antes que adentrassem o veículo, um abraço anunciando combustão os envolveu demoradamente, reduzindo qualquer distância que restava entre ambos. Ao se sentarem um ao lado do outro, um contínuo êxtase os envolveu e, ali mesmo, no interior do veículo não puderam nem quiseram controlar seus impulsos intensos.

Naquela noite, entre enlevos de memória e tsunamis de culpa, Aristarco tremeu, suou, teve pesadelos, polução e chorou. A mãe, do outro quarto, percebeu e tentou acalmá-lo, porém, o argumento de ter havido problemas na escola e que não era nada sério a afastaram do filho, que preferiu se isolar.

Depois que a mãe saiu para o trabalho, já no início da manhã, Aristarco conseguiu cair em sono profundo, do qual despertou com imagens traumáticas nos estilhaços de seu pesadelo: o padre Sólomon, orando compulsivamente em latim, segurava com as duas mãos o cíngulo passado na cintura dele menino, na tentativa de impedir que o cordão se transformasse em serpente. Mas a transformação aconteceu e a víbora lançou-se sobre ele criança banhando-o com viscosa peçonha.

O grito do ex-seminarista fez despertar a vizinhança. Como nunca ocorrido antes, ele caíra da cama, estonteado, orando: "Cinge-me, Senhor, com o cíngulo da pureza, e extingui nos meus rins o fogo da paixão, pra que resida em mim a virtude da continência e da castidade." A campainha soou forte e seguidamente.

– Ô, seu Ari! Tá tudo bem aí?! – gritou Dona Ester do portão. Morava na residência da frente e era a proprietária dos dois imóveis. Seu avermelhado cabelo a chapinha tinha as pontas eriçadas. Era uma mulher forte, resoluta.

Ao terceiro toque, Aristarco abriu a porta dizendo atabalhoadamente:

– Não foi nada, Dona Ester... Eu... eu caí da mesa... Fui trocar uma lâmpada...

– Nossa! Pensei que tinha algum assaltante aí dentro. Meu Deus! Tá tudo bem mesmo? Sua mãe já foi?

– Tá. Tá tudo bem, sim! Mamãe já foi. De sábado ela sai bem mais cedo...

– Se precisar de alguma coisa é só chamar, viu, Seu Ari?

– Sim, senhora. Obrigado!

Depois de fechar a porta, ele se sentou no sofá da pequena sala, ante a televisão desligada. Então, sua memória do ocorrido na adolescência se despiu por inteiro.

Aos dezesseis anos, já como seminarista, tinha arraigada certeza da carreira eclesiástica. Seu noviciado iniciara em profunda entrega aos propósitos da fé. No entanto, antes que ele findasse, passou a sentir o exagero das deferências do padre para consigo. Instava-o para serviços extras, além de suas atividades, tais como ajudá-lo a organizar papéis, revisar textos, redigir relatórios etc. E sempre o agradava com algum mimo, em geral chocolate, mas também não faltavam diferentes tipos de lápis, lapiseiras e esferográficas. Alguns dos colegas passaram a encará-lo com olhos concupiscentes. A princípio não percebeu, depois quis saber a razão. Ante a covardia deles, ameaçou-os bater.

No entanto, quando o padre, alegando uma oração misteriosa, tomou-lhe a mão e induziu-o a masturbá-lo, atônito tentou fugir, mas foi agarrado pelo prelado que insistia em rezar enquanto tocava-lhe na zona erógena e insistia para que ele executasse a tarefa inicial. Antes que pudesse escapar, prendendo-o pelo braço, o vigário aliviou-se, insistindo:

– Reze, reze, reze, Aristarco!... Reze, reze, meu filho!...

Sem voz e tremendo, ele só conseguia murmurar algo ininteligível. Até que foi capaz de se desvencilhar e sair pela porta em direção ao pátio, onde entrou no banheiro e lavou a mão como quem quisesse arrancar a pele.

Depois do ocorrido, o padre ausentou-se do seminário por duas semanas. Quando voltou, Aristarco se pôs em guarda. Encarava-o com desconfiança, mas recebia dele um olhar frívolo de alguém que o desconhecesse, o olhar que o fazia sentir-se invisível. A vergonha e o medo impediram que o jovem se confessasse. E quando do término do noviciado, a surpresa: os "distúrbios sexuais incompatíveis com o sacerdócio" surgiram como argumento para interromper sua carreira. E o que mais pesou: aquilo era um traço de sua raça, do qual poucos se livravam, disse-lhe o padre Gregório, diretor espiritual, aconselhando-o a seguir uma vida em Cristo, sendo sempre um servo da Igreja.

Os sonhos de vestir a batina, com os trinta e três botões, a idade de Cristo, e com as cinco abotoaduras, representando as suas chagas, de ter as mãos do bispo sobre a cabeça e os santos óleos a ungir as mãos, da possibilidade de constituir o seu rebanho, tudo, tudo foi por água abaixo. Então o Senhor o havia enganado quando, nas férias do internato, aos catorze anos de idade, pudera vê-Lo entre as nuvens de um pôr de sol, contemplar seus olhos azuis e ouvir sua voz dizendo: "Toma a tua cruz e segue-me"? E ainda assim – interpretava –, depois de o afastar do convívio religioso, enviara a serpente do mal para seduzi-lo, desviá-lo, romper a sua castidade?

Nesse momento de suas aflitas reflexões, a configuração mental de Lidiane possuía chifres e rabo pontiagudos. O pranto intenso e silencioso comprimiu-o a ponto de lançá-lo ao chão em posição fetal. Ao acordar, sem nem mesmo tomar o café da manhã, foi ao primeiro bar que encontrou e pediu um copo de vinho, o primeiro de muitos outros.

Lidiane, tendo sido evitada até com rispidez, mudou de escola. O exímio professor passou a faltar às aulas, não as preparar, apresentar-se desleixado e, em casa, a se tornar irascível com a mãe, que era toda bondade.

Certa vez, quando retornava para casa, à noitinha, disposto a tentar dormir mais cedo e a reencontrar o seu caminho, viu Lidiane ao longe. Ela estava acompanhada de um homem bem mais velho. Haviam descido de um veículo que não era o dela. O coração de Aristarco bombeou forte. O desejo de cometer um crime apossou-se dele. Quando o casal virou uma esquina ele apressou o passo, porém, antes de fazer a curva, parou. Era o demônio de novo, pensou. Deu cinco passos para trás. Lembrou das chagas de Cristo. Não, o demônio não iria dominá-lo daquela vez. Fez meia volta e seguiu em direção contrária até o bar em que costumava beber. Na porta, encontrou seu amigo de copo, Simeão, um estivador aposentado, desgostoso pela perda da mulher que fugira com outra. Foi recebido com efusão pelo colega, que já apresentava sinais de embriaguez, e convidado a brindar.

– Ari, vamo brindar. Hoje eu tô feliz. Aquela sem vergonha tá de cama. Pegou dengue.

– Não se deve festejar o mal do próximo, meu caro! – foi o que pôde dizer o ex-seminarista, sôfrego por um gole que o aliviasse daquela onda avassaladora de ciúme lhe inundando o peito. Bebeu, bebeu muito. Até apagar. Quando, depois do amigo partir, desabou no chão, o dono do bar percebeu que não era caso para risos, e sim de agir rápido. Ligou para o SAMU.

O coma alcoólico durou mais de vinte e quatro horas. Ao despertar, lentamente percebeu o olhar de Lidiane pleno de ternura. Depois sentiu o toque reconfortante de suas mãos segurando a sua.

Ela fez com o dedo sobre os lábios sinal de silêncio para que ele não forçasse falar. E, dirigindo-se ao seu ouvido direito, disse: "Eu te amo. Você é o homem da minha vida." Lágrimas desceram pelo rosto de Aristarco, levando o seu sofrimento vivido pelas culpas acumuladas.

Se Deus existia mesmo, estava ali naquelas palavras da mulher que chegara por conta da prima socorrista que, de tanto ouvi-la se queixar do amor não correspondido, gravara o nome de Aristarco e, após o atendimento daquela noite, resolveu consultá-la para que se certificasse ser ou não o mesmo homem. A mãe de Aristarco conheceu Lidiane ali, ao lado do filho. Abraçaram-se e a confissão daquela paixão aflorou com naturalidade. Choraram juntas.

Depois que a mãe se foi, Lidiane lembrou-se da sua, falecida havia um ano, quando então conheceu a grandeza daquele que ali estava e horas antes estivera entre a vida e a morte. Aristarco acolhera a sua dor com tanto desvelo que a gratidão se transformou em desejo e, por fim, paixão, cuja correspondência ela sentira no incêndio da relação íntima com ele. Assim, ali permaneceu ao lado de seu homem tão esperado. E quando Aristarco abriu os olhos e confessou que a amava, sentiu que ganhara uma família. Sorriu, contendo o segredo: a mãe de seu amado prometera retornar com uma grande surpresa. Ela havia reencontrado Amadou Bombardier.

Juízo final

O tenente Turno nem sabia mais quantas pessoas havia matado. Dizem que foram muitas. Ele mesmo guardava apenas lembrança do ligeiro alívio sentido diante da última vítima que executara.

Culpado ou não, aquele que porventura entrasse na sua lista implacável podia contar as horas. Era o terror dos bairros afastados, sobretudo porque a justiça em suas mãos tinha sede de sangue. Inspirava tal insegurança nas populações periféricas da cidade que muita gente ao lhe ver fazia continência militar. Daí tinha vindo o apelido "tenente" para o investigador que todos os bandidos temiam.

Distante dos locais onde cometia seus julgamentos sumários contra bandidos ou suspeitos, ali, entre soluços, ninguém o reconheceria. Era um pobre homem lutando contra o pranto e a convulsão de ódio que o habitava.

Em um dado momento foi ficando muito vermelho. Os presentes – umas seis pessoas apenas – não lhe davam atenção. Um potente punho de emoções esmurrava-o por dentro, aumentando a força a cada soco. Turno, inteiramente indefeso diante daquela agressão, não conseguiu sequer acender um cigarro. E aqueles trancos repentinos aceleraram-se.

Caiu, por fim, roxo, aos pés do caixão do filho de sete anos, assassinado naquela manhã, dia de aniversário do pai.

Translúcio

Ouvia a discussão sobre a conveniência de ele ser ou não levado para onde todos deviam se dirigir. A mãe: "Tenho receio disso causar um trauma. Ele é muito novinho..." A tia Isaura, replicando, com tremor na voz: "É bom que ele vá pra não ser tão medroso como a mãe. É coisa da vida. Tem de aprender a encarar com naturalidade." O tio Almir, irmão mais novo de seu pai, tentando conciliar a duas: "Cada uma de vocês tem sua razão. Acho, no entanto, que é preciso perguntar se ele quer ir ou não." A mãe já nervosa: "Ele nunca soube o que é isso... vai ter pesadelo. Nunca vivenciou esse estresse..." – disse e desabou uma enxurrada trepidante de soluços.

Ele, do aquário de lágrimas, recolhido, mudo, pensava na mãe nervosa, que só lhe havia dito na noite anterior:

– Lirinho, teu pai não tá bem... Mas, tudo vai se resolver. – acrescentou sem olhá-lo, de cabeça baixa, como passou a fazer desde que o filho, retornando da pelada no campinho da praça, notara que ela descera de um carro preto, uma esquina antes de sua casa. Ela o vira do outro lado da rua, mas disfarçou.

– Aquela não é a tua mãe, Sará? – perguntou Davi, o colega com quem retornava.

"Sará" era um apelido que ele não gostava, mas sabia que com os colegas era vã a recusa de um apelido. Esperava que, não dando importância, os que o chamavam de "Li" vencessem. Seu cabelo crespo e ruivo e a pele clara eram a razão de, entre os colegas, ser identificado como "sarará". Mas a surpresa de ver a mãe não o fizera notar como fora chamado. Apenas respondeu:

– É. O meu tio veio trazer ela – disse, sem notar que acabara de inventar um tio branco que não existia, pois a mãe só tinha uma irmã a quem odiava. Davi notou o desconforto do outro, mas apenas sorriu uma leve malícia e mudou de assunto.

Lírio havia registrado a fisionomia do homem quando ele manobrou o veículo, fazendo um retorno na via. Branco, cabelo preto, rosto raspado, queixo proeminente, óculos escuros. Carro preto. "Seria uber?", Lírio pensou. E, para afastar a insinuação do colega, forçou-se a acreditar que sim, embora a mãe tivesse descido do banco da frente.

As recentes brigas entre seus pais haviam feito o menino tomar partido. Identificado com o carinho que o pai lhe devotava, além dos traços marcantes que dele herdara, dava-lhe razão, no seu íntimo. Quando ouvia uma voz mais alterada entre os dois, ele se recolhia no quarto, mas sempre atento às palavras pronunciadas. Assim, costurava frases, gritos e ia compondo a sua versão sobre o relacionamento deles. Sua mãe, depois que fora flagrada descendo do carro preto, sem fazer qualquer referência ao fato, aumentara sua implicância para com ele. Tudo era motivo: a lição de casa mal feita, o banho tomado sem lavar a orelha direito, o cabelo que não penteava e que ela iria mandar raspar, o tênis que vivia sujo de barro etc. Se antes não era afetuosa com ele, passara a ser agressiva. Por isso, quando o menino ouviu a frase a respeito do pai, o primeiro pensamento que o fez tremer foi que a mãe havia feito algo. Mas, na ocasião, ela não lhe dera tempo sequer de fazer perguntas, fechando-se em um profundo mutismo, antes de sair apressada, dizendo que iria avisar a sogra com quem não conseguira falar por telefone. Ante o estado aflitivo da genitora, Lírio desabrochou compaixão.

Só, enquanto aguardava novas notícias, lembrou o pai. Estaria doente? No hospital? Seria dengue, de que tanto se falava na televisão? Ou zika? Em meio a tais dúvidas, ouviu a campainha. Foi atender. Era a tia Isaura.

– O que foi que aconteceu com seu pai, Lírio? – Era alta, farta de seios e curvas como a mãe. Diferenciando-se dela, tinha os cabelos longos e pretos.

– Não sei. A mãe disse que ele não tá bem.

– Ela me ligou, mas não disse coisa com coisa. O que aconteceu com ele? Ele foi internado? Cadê ela?

Percebeu na tia o desespero de quem escancarava o coração. Ela o abraçou, apertou-o contra si como quem tentasse protegê-lo de uma misteriosa crueldade. Depois, com lágrimas indisfarçáveis nos olhos, deu-lhe um copo de água com açúcar e bebeu também. Em seguida, perguntou, amenizando o tom:

– Fala pra tia, Lírio: pra onde a sua mãe foi?

– Foi avisar a vó Urânia.

A tia, com os olhos marejados, olhou-o e, sentando-se em uma confortável poltrona, chamou-o para se aproximar. Ofereceu-lhe o colo e o aconchegou. Ficaram assim, tia e sobrinho unidos em um abraço que lhes parecia oferecer uma blindagem contra as incertezas da vida sob o domínio da mãe que não demoraria, uma vez que a casa da sogra era a apenas três quadras dali.

Quando a mãe voltou, acompanhada do tio Almir, Lírio foi apartado do assunto. Ela exigiu que fosse para o quarto. Depois falaria com ele. Obedeceu. De lá, pôde ouvir os gritos de desespero da tia. Afligiu-se, iniciando um choro. Algo tinha acontecido de muito grave, concluiu. Houve um silêncio longo. Seu tio abriu a porta lentamente. Encarou-o e disse, com uma tristeza de aço estampada no rosto de barba extremamente delineada:

– Você é um garoto forte. Vou ver o seu pai no hospital. Quando eu voltar, conto tudo pra você, tá bem?

– Tudo o que, tio? – insistiu.

– Não sei ainda o que aconteceu. Sua mãe não soube explicar direito. Vou levar ela e sua tia. Assim que puder eu volto. Vou pedir à Dona Elena pra ficar um pouco com você.

– Não precisa – respondeu ele, lembrando a vizinha simpática, porém malquista pela mãe. A lembrança do bolinho-de-chuva que Elena, algumas vezes, lhe dava por cima do muro acariciou sua angústia.

– Ela só vai te fazer companhia. Vou deixar um dinheiro pra ela pedir uma comida pra você. Uma pizza ou comida chinesa.

A memória dos sabores, além dos mimos com os quais a vizinha o tratava, rasuraram a tristeza do menino. A tia beijou-o fortemente nas duas faces e deu a ele um chiclete. Assim, sem a sensação de abandono, ouviu o som do carro se afastando com os três.

Ao chegar, a vizinha abraçou-o muito e procurou acalmá-lo. Depois perguntou o que ele gostaria de comer e ouviu "pizza". Após ligar e fazer o pedido, ela se sentou no sofá. Sabedor da receptividade daquela que fora colega de trabalho de seu pai, deitou, aconchegando a cabeça naquele colo macio. Ela principiou um suave cafuné que, com uma música cantada levemente, levou-o ao abraço do sono. Acordou com o som da campainha. Era o motoboy.

Lírio levantou-se. Antes que conseguisse afastar as imagens estranhas que o haviam povoado, Elena disse:

— Acordou na horinha, hein?! — Em seguida, ajeitou-o sentado e foi atender o entregador.

A vontade de comer intensificou-se. Depois de saciado, perguntou pelo pai. Foi acalmado. Não devia ser nada. Ficasse tranquilo que o tio ia cuidar de tudo. A vizinha não fez qualquer referência às duas irmãs, com as quais antipatizava, principalmente com a mãe de Lírio. O sono foi chegando mais uma vez, com as carícias desdobrando, com leveza determinada, os fios de seu cabelo, até um puxãozinho final que trazia deliciosos arrepios.

Acordou de novo, porém no quarto. A última imagem do sonho era o pai chegando em casa. Mas ouviu choro na cozinha. Um profundo medo apossou-se dele. Não conseguiu se mover. Ouvia. Ouvia tudo. Imaginou-se presente à conversa. Entregaria o lenço para a mãe enxugar as lágrimas, depois abraçaria a tia e, por fim, iria buscar amparo agarrando-se às pernas do tio. Ele sabia que a mãe e a tia não se davam bem. Naquele momento, entretanto, o que mais queria era que ambas não discutissem, apenas cuidassem para que seu pai ficasse bem e voltasse logo. Pensou em Elena e em sua força e delicadeza para levá-lo até o quarto sem que ele percebesse. Certamente teria ido embora sem que ele notasse. Afinal, como certa vez captara na voz de sua mãe em meio a uma discussão conjugal, Elena teria sido uma das namoradas do pai. Por essa ocasião chegou mesmo a desejar que ela tivesse sido a sua mãe.

Pelo silêncio que se seguiu, percebeu: era de madrugada. Queria gritar: "Cadê meu pai?", mas não teve forças. A voz da mãe, agressiva nos últimos tempos, dava o indício de que ele havia cometido uma falta grave, embora o menino mantivesse para si a versão do uber como líquida e certa e jamais fizera menção daquela tarde em que passara a amar mais o pai. Tremeu quando viu a mãe à porta, olhando-o. Ela foi seca e dura:

– Preciso explicar uma coisa pra você, filho: o seu pai morreu.

Tudo nele apagou. Um choro silencioso e abundante parecia inundá-lo com ameaça de afogamento. Só conseguiu balbuciar:

– Por quê...?

– Segundo o médico, ele teve uma parada cardíaca.

Não sabia bem o que era aquilo. Primeiro pensou no ponto de ônibus... mas viu que não podia ser. Depois em algo parando. Fosse o que fosse, tinha parado por algum motivo. Não via, não queria ver motivo. A mãe deu lugar ao tio Almir, que sentou na cama ao lado dele e iniciou um discurso longo. Ao fundo ouvia a conversa entre a mãe e a tia que, quase sempre, era em voz alta. Tia Isaura levantou-a um pouco mais:

– Você não sentiu o bafo de álcool? Aquele médico devia estar bêbado...

Em seguida, a madrugada engoliu a voz das duas. Depois, foi só a voz do tio explicando o que era parada cardíaca, uma voz melodiosa que o tornou uma canoa entre marolas. Quando respondeu "quero" à pergunta do tio, já estava às portas da escuridão de novo.

A manhã veio logo. A mãe já havia ido quando a tia o chamou. Um café rápido e seguiram para o cemitério. No trajeto outros parentes entraram no veículo. Todos adultos. Ao longo do caminho, uma parede de silêncio levantara-se entre ele e os demais. O que diziam, enquanto o carro deslizava, mesmo quando alguém a ele se dirigia ou a ele se referia, era como se partisse da extremidade oposta de um túnel muito comprido. As palavras lhe chegavam, mas o sentido delas parecia que se perdia. De repente, o veículo entrou em uma avenida larga e muito arborizada. Logo chegaram. Eram nove horas da manhã. Imediatamente foi ao encontro da avó que conversava com a irmã, sua tia-avó Betânia. Aparentavam ter a mesma idade, porém destoavam na altura. A avó de Lírio era baixa e cinturada pela gordura; a irmã desta esguia e aprumada. Ambas de pele escura, cabelos em neve. O menino, embora não tivesse lembrança da recém-chegada, pois a ela fora apresentado ainda muito pequeno, nutria por ela uma grande admiração, sobretudo por ter sido a esposa do tio de seu pai, cujas histórias eram muitas. Assim, a ela se agarrou, depois de ter sido beijado e acariciado por várias pessoas, principalmente mulheres.

Havia muita gente no velório. Só ele de criança. Betânia viajara de longe para chegar a tempo de acompanhar o funeral. Estava de mão unida com a da irmã, Urânia, e ao mesmo tempo abraçava o sobrinho-neto, que assim percebeu nos olhos dela uma inquietação estranha. Depois de solicitar a ele que a esperasse um pouquinho, se levantara diversas vezes para ir até a beira do caixão e ali dizer umas palavras ininteligíveis, após as quais olhava para o rosto do finado sobrinho como a lhe perguntar se havia entendido. O menino teve um ligeiro entusiasmo por imaginar que o pai pudesse estar ouvindo aquelas mensagens. Contudo, após a décima vez que o mesmo aconteceu, os cochichos já estavam se associando aos olhares curiosos e alguns risos. A cada investida, Lírio ficava olhando admirado. Em uma das vezes em que a irmã foi ao esquife, no retorno, Urânia tentou repreendê-la. Só recebeu como resposta um "Sei o que tô fazendo!" seco e ríspido. E quando, para ambas, chegou o homem de terno e gravata, com a bíblia debaixo do braço, e disse:

— São parentes? — e ao ouvir a confirmação, acrescentou: — Vim pregar a palavra do Senhor. — Betânia levantou a voz:

— Aqui não, caçador! Aqui a família é toda católica. Quer caçar alma vai pra outro lugar!

Houve um zum-zum-zum geral. Mas logo uma vizinha puxou o terço e rezou alto, sendo acompanhada por quase todos, exceto pelos que saíram ofendidos com a reação de Betânia para com o pastor. Foi nesse momento que Lírio percebeu seu amigo chamando-o da porta. Solto dos braços da tia-avó, que já empunhava seu terço e também acompanhava a oração, o menino foi ao encontro do colega.

— Vamo brincar de estátua? — perguntou Davi.

Ia responder que "não" porque o pai tinha morrido, mas parou subitamente como se tivesse começado a brincadeira. O outro assim entendeu. Mas, Lírio havia mergulhado na lembrança do dia em que, ao chegar da escola, o pai estava parado sobre a poltrona, os olhos fixos no vazio.

— Oi, pai! — dissera alegre e sentara no colo que tanto o acolhia. Mas o abraço de costume não se manifestara. Provavelmente o pai estaria com alguma preocupação. Assim, olhara os olhos escuros dele. Parados. Desconfiara, então, que devia ter sido a briga que tivera com a mãe na noite anterior.

Descera e fora à cozinha. A mesa estava posta com os pratos e talheres. Sobre o fogão, as panelas estavam frias com o almoço preparado pela mãe que havia saído para o hospital público da cidade, onde trabalhava como secretária. Sempre que chegava, estava tudo quentinho, o pai aguardando-o para almoçarem juntos.

Na discussão, a mãe estivera muito irada e o genitor se defendendo. Eram ciúmes que ela nutria da própria irmã. Pensara, a partir de tal lembrança, que o pai estava muito triste e sem ânimo para ir ao fogão. Será que iria almoçar? Resolvera esquentar o almoço de ambos. Quando percebera que estava tudo quente, fora convidá-lo para se sentar à mesa com ele e, quem sabe, comer um pouco. O pai permanecia na mesma posição. Fora até ele. Olhara-o. Parecia que estava hipnotizado. Chamara:

– Pai!... – e não obtivera qualquer resposta.

Tocara-lhe a mão. Gelada. Soltara-a, assustado. A mão ficara na posição em que a deixara. Recuou até a porta, em pânico. Saíra para chamar a vizinha, mas, ao chegar no portão, lembrara que a mãe também tinha ciúmes dela, cujo nome já havia sido berrado em meio às discussões. Seu coração a galope, retornara para a sala, passos medidos, na tentativa de não ser notado. Ouvira o latido do cachorro da vizinha e depois um uivo. Ao chegar à sala, o pai estava de pé e passava a mão pelo cabelo crespo como quem massageava ideias. Olhando-o, dissera:

– Oi, filho! – abrindo o enorme sorriso de sempre, aconchegante, e estendera-lhe os braços.

O menino correra e, durante o abraço que o suspendera do chão, apenas teve presença de espírito para dizer:

– Já esquentei a comida! – e recebera a seguinte resposta:

– Puxa, eu nem vi você chegar. Acho que passei por um sono.

O pai ajeitara a gravata e os dois foram para a cozinha de mãos dadas, o menino feliz, livrando-se do susto.

– Pai, você dorme com o olho aberto?

– Não! Bem, acho que não. Como é que vou saber se tô dormindo? – respondera, enquanto saboreava o arroz com feijão e o ovo que acabara fritando, pois a esposa quando brigavam fazia costela de porco, de que ele não gostava pela desagradável lembrança da tênia que o havia habitado na infância, cuja larva teria sido proveniente de carne suína mal cozida.

– Mas hoje você tava dormindo parecendo que tava acordado.

– É mesmo? Nossa, um tio meu é que tinha essa mania.

– Como ele chamava?

– Tio Lázaro.

– Ah, eu lembro. O que você falou que era mestre-sala? O que levantava num salto e caía com os dois pés no chão? O que era mestre de capoeira e tinha derrubado dez guardas sozinho? Aquele que você mostrou a foto dele?

– É, é ele mesmo. Ficava assim, paradão. Parecia uma estátua.

– Você também ficou assim.

– Ah, filho! Eu não lembro nada. Acho que é o cansaço. Hoje analisei um processo enorme. Não comenta nada com a sua mãe, viu? Fica entre nós. Foi só um sono diferente – dissera o pai, piscando o olho esquerdo como a selar a cumplicidade.

Foi assim, que ele havia esquecido o episódio. Agora tudo voltava, revirando uma ideia sentida como uma luz.

Ele demorou para se dar conta do toque de Davi, o que significava que estava liberto para a perseguição e, assim que o alcançasse, o tornaria estátua. Após ser sacudido, tentou a brincadeira. Mas, se na rua corria, ali caminhava. Afinal, já fora advertido pela vó Urânia de que devia ter modos, de que ali era um lugar de respeito. Sem conseguir pegar o colega, logo percebeu uma movimentação. Iam fechar o caixão. Foi então que, ao retornar para o salão, viu a tia-avó conversando, à beira do esquife, com o sobrinho que estava sendo velado. Ao chegar perto, só pode distinguir "egun" no palavreado da idosa. Ao sair com ela, na mesma posição ficou a tia Isaura em prantos, abraçada à vizinha Elena que também chorava profundamente.

A tia-avó, no entanto, saiu de braços dados com ele, resmungando:

– Ele não me atendeu... Mas não se deve perder a esperança...

A última frase abraçou a luz que sentira quando o colega fizera o convite para brincar. No entanto, aquilo o fez estremecer com a ideia de que estavam fechando o pai e que ele ia para debaixo da terra. Seu pranto começou a jorrar, a princípio silencioso e depois soluçado.

O cortejo caminhou por alguns minutos, pois o cemitério não era grande. Ao chegar à beira da cova, a tia-avó Betânia, em voz alta, pediu para um dos coveiros:

– Tira a tampa mais uma vez.

– Não é necessário, vó – disse a mãe do menino, muito nervosa, ao que a velha respondeu:

– Deixa de ser teimosa, menina! Respeita os mais velhos!

Os coveiros ficaram na dúvida. Nesse momento, Lírio percebeu o homem do carro preto atrás de sua mãe como se quisesse abraçá-la. Ficou confuso. Queria gritar, aquilo que o revoltava, mas uma onda mais forte o fez explodir um reforço ao pedido da tia-avó.

– Tira a tampa pro meu pai sair!

A mesma senhora do terço passou a rezar: "Pai nosso que estais no céu, santificado seja o vosso nome, venha a nós o vosso reino, seja feita a vossa vontade, assim na terra como no céu..." Quando, já acompanhada por outras vozes, ia dar sequência à oração, parou arregalada. Duas batidas forte no caixão e o grito do menino:

— Olha, o pai tá vivo!

Os pés dos que estavam em volta viraram asas. Depois do alvoroço de gente trombando gente e tropeçando em campa, Lírio e Betânia conseguiram abrir o caixão e liberar o pai que, mesmo muito assustado, abraçou o filho e ao ouvir as palavras ininteligíveis daquela senhora que, deslumbrada, fitava-o, disse:

— Tia Betânia? A senhora aqui? E o tio Lázaro?

— Viu ele? — ela perguntou em resposta.

Sem ouvir, o pai, admirado com o entorno, piscando muito os olhos, sorria.

Em direção à saída, caminharam os três pela alameda de ciprestes. No caminho recolheram vó Urânia assustada, que havia caído na fuga. De longe, pessoas ainda em pânico apontavam na direção deles, inclusive os dois coveiros.

A pupila é preta

– Você tá assim por quê?
– Nada, meu!
– Você não falou que gostava de mim?
– É, mas e daí? Só porque eu disse isso eu tenho que... Vai querer me comer agora?
– Você sabe que não é isso que eu tô falando.
– Então, qual que é? Não posso gostar de você e pronto, ter tesão por você e pronto?
– Pronto o quê?
– Sei lá, assim, tipo curtir uma amizade...
– Amizade com tesão dá certo? Dá porra nenhuma!
– E aí, tá vendo?! Mina falou que gosta do cara já tem que abrir as pernas!...
– O barato não é esse, falou? Quero só saber, qual é de dar uma que não me conhece quando tá com as coleguinhas do prédio?
– Eu já falei que não te vi, porra, meu!?...
– Fala baixo que eu não sou surdo, tá ligado?
– Pô, meu, você não entendeu que eu tô a fim de ti, mas que...
– Que o quê?
– ...
– Ficou muda, qual é? Iiiiii, caralho, tá chorando por que, mina?

— Você nunca vai entender...

— Nunca vai entender o quê? Que você é bi? Já entendi faz tempo. E daí?

— Você nunca vai entender...

— Isso daí eu não vou nem quero entender, certo? Fica comigo, joga o chamego, entra no sarro, no carinho gostoso...

— Tá vendo só que o teu negócio é só sexo!

— Não, meu, não é só sexo. A parada é que você fez de conta que não me conhecia. Quando a gente tá junto no colégio é uma coisa, quando você tá com as coleguinhas do prédio é outra?

— Meu, elas tão numa outra, tá ligado? São patricinha... E aí...

— E aí não podem te ver com um negão? É isso?

— Porra, para, meu! Já falei que esse negócio não tem nada a ver.

— Então tá: vamo lá na tua casa agora. Quero conhecer teu pai, tua mãe, tua avó...

— Meu... Qual que é? Tá me chamando de racista? Eu não tô nessa de namorar em casa... Maior caretice. Porra, se é por causa de sexo, tudo bem. A gente marca um lance e pronto. E para de me olhar assim...

— A Marion já me falou da tua família.

— A Marion, aquela vadia? O que foi que ela falou? Você foi na onda dela só porque vocês tiveram um caso?

— Nada a ver... A tua família não gosta de preto. Eu tô sabendo, falou?

— Não tô nem aí com a minha família!

— Não? E aí? Por que, então, deu uma de não me conhecer na rua?

— Vai voltar nesse papo, meu?

— Tudo bem. Tô indo...

— Espera aí, cara! Eu tô parada em ti, tá ligado? Gosto de você pra caralho, meu! A gente precisa parar e ver como as coisas são... Você não viu a foto do meu vô, porra?

— Que vô?

— Aí, tô te mandando agora pelo whats...

— É...

— E aí? Você acha o que de mim agora?

— Tá legal! Só que ter avô negro não faz ninguém deixar de ser racista. E tem mais, quando você puder, dá uma olhada no espelho. A tua pupila é mais preta do que eu e teu avô. Beijinho. Fui!

Memória suja

Havia chegado fazia um quase nada de tempo. Umas fomes pelo caminho, outros maus tratos, por fim a capital. Mas, até achar Judásio, foi um intenso tropeçar em sombras. Se perdeu muito na "locomotiva da nação". Dois dias de aflição no meio de tanto zumbido de carro, um pigarro congestionado no peito e sobressaltos de sono em atraso, chega à porta de uma venda em bairro distante, onde, por engano, tinha ido buscar o parente. Abandonou-se, por volta da meia-noite, no chão frio depois de ter vigiado, com demora, a rua sem viva alma. Tremeu durante a madrugada toda, que o agasalho era só um paletó de algodão.

— *Bamos* lá, ô tição! Sai daí já! — foi o despertador na voz do comerciante.

— Tá me chamando do quê? — e com o olhar fuzilou o outro, que sentiu o petardo. — Se não sabe meu nome, me chama de cidadão, visse? Tá metido a cavalo do cão por quê?

— Certo, cidadão... É que eu preciso trabalhar, entende?...

A vontade foi de partir para cima e quebrar a cara do canalha, mas ponderou. Não conhecia a cidade e caso precisasse fugir nem sabia para onde. Antes de sair, cuspiu no chão e disse com rispidez:

— Abestalhado!

Dinheiro curto, dois pães e pernas para caminhar; evitou

ônibus, temendo se repetisse a informação errada como da primeira vez. Perambulou, perguntando acerca do bairro e da rua, até que a terra adormeceu de novo e uma ronda policial levou-o para dormir no xadrez, depois de algumas humilhações como pancadas nas pernas, para que as abrisse, empurrões e perguntas repletas de insinuações, sobretudo por encontrarem um canivete com ele. Na cadeia, tremeu de medo vendo gente apanhar e respondeu a mais perguntas com um gaguejar trotante. Um guarda, no entanto, tranquilizou-o:

— Fica frio, negão. A gente tá vendo que você não tem culpa no cartório. Mas... me explica uma coisa: essa chave aqui? É de maleiro, não é?

— É, sim! Lá em Cabrobó, um parente que já teve aqui disse pra não andar de mala na rua que tem muito assalto. Falou pra guardar na rodoviária. Depois que eu achasse Judásio é que devia buscar. Sabe, esse meu cunhado que disse isso... Roubaram ele quando veio pr'aqui. Tanto que ele nem ficou muito e já foi de volta.

Uma navalha de medo talhou seus pensamentos quando percebeu o olhar inquisidor do policial. Pensou que tudo estava perdido, mas logo foi relaxando com a distensão do cenho do outro, que lhe abriu um breve e cúmplice sorriso e lhe deu um tapinha nas costas. E, quando levado à presença do delegado, este perguntou em tom agressivo:

— E o crioulo aí? Qual é a bronca?

— É um coió, doutor. O nome é Edinaldo. Tinha um canivete pequeno. Chegou do Nordeste ontem. Não é isso?

— É, sim sinhô... — murmurou ele, contendo o desejo de dizer um palavrão ao delegado. "Não fosse delegado, esse galego ia se ver comigo com esse negócio de me chamar de crioulo", pensou e prosseguiu com seus botões, olhando de soslaio para o policial. "Coió é o fiofó da mãe", mas não disse palavra.

– Tá atrás de um parente lá do Bairro do Limão – acrescentou o fardado.

– E o que tá fazendo aqui no Butantã? Porra!

– Se perdeu, pegou ônibus errado...

Designada uma cadeira em um canto, sentou-se e, até o amanhecer, foi fisgando o sono lambari, sacudido vez ou outra por alguma nova ocorrência que chegava ou gritos de toda ordem, inclusive de dor.

Na manhã seguinte, uma carona em uma viatura da Tático Móvel, com dois policiais, deixou-o na porta do parente. Um dos policiais, o mesmo que lhe perguntara sobre a chave, no trajeto revelou ser um conterrâneo seu, partilhou com ele a memória da seca, perguntou sobre as novidades da transposição do Rio São Francisco, das celebrações da Sexta-Feira da Paixão. Deu-lhe conselhos, realçou que era um devoto de Nossa Senhora da Conceição e, por fim, apertou-lhe a mão ao se despedir.

Edinaldo sentou-se no meio-fio após ter batido palmas sem sucesso. De uma janela da casa ao lado, uma senhora de cabelos brancos disse:

– Tá procurando Judásio? Ele saiu pra trabalhar.

Ao ouvir dizer que se tratava de um parente, a mulher informou que o portão estava só encostado. Edinaldo, atingido por súbita familiaridade. "Oxe! Parece mãe...", ruminou consigo. Entrou no pequeno quintal de terra sem qualquer planta. A casa de tijolo aparente ficava em uma ruela, quase um beco, com muitas pequenas moradias. A fome incomodava. Comeu o último pedaço de pão. A vizinha, depois de, com poucas perguntas, se informar sobre a história dele, condoída, lhe reforçou o alimento com mais pão, manteiga e café, que passou por cima do muro, e também uma cadeira. Ele se acomodou agradecido.

    Depois, por vários atalhos de sono intranquilo, Edinaldo Fidenso dos Santos foi surpreendido pelo prato de comida e pelo sorriso da vizinha oferecendo-lhe o almoço. Fartou-se e, após reiterados agradecimentos a ela, caminhou pelo bairro para dar o tempo de Judásio chegar. Retornando para completar a espera, sentou-se na mesma cadeira, encostou-se à parede e cochilou novamente, tendo sonhos atribulados. A ausência do sol anunciou as primeiras estrelas de junho e uma brisa manipulou calafrios. Às dezoito horas foi despertado pelo irmão, que, surpreso, estranhou o olhar lançado por Edinaldo em sua direção ao acordar, um olhar de susto e, ao mesmo tempo, de ameaça. Mas ambos acabaram sorrindo. Abraçaram-se. Judásio, antes de abrir a porta da casa, perguntou:

    – E a mala, Naldo?!

    – Na rodoviária. Zézo falou pra eu fazer é assim: não ficar por aí procurando sua casa com mala na mão. Disse que aqui tem ladrão em qualquer canto...

    Judásio, lembrando que havia revelado seu endereço ao cunhado, sorriu condescendente, convidou o irmão para entrar, contou-lhe as novidades e, ao perguntar pelos parentes de Cabrobó, recebeu dele algumas poucas e ralas referências e, de novo, aquele olhar, já sem aparentar susto, mas um tanto enigmático e ameaçador, o que o anfitrião atribuiu ao impacto da grande cidade, mas, em seu íntimo, amarrou bem forte um monstro de culpa que ameaçava se erguer. Aliviou-se com a pergunta de Edinaldo:

    – Dá pra tomar um banho? Tô todo peguento.

— Deixa pra depois, cabra. Tira só a catinga do sovaco e mete desodorante. Tem um bom lá no banheiro. Pode usar.

Depois de alguns minutos, o irmão se lavando no banheiro, Judásio apressou:

— Bora buscar sua mala, Naldo! Vamo aproveitar que tem ônibus ali no ponto.

— Tem ponto aqui, é? – questionou o outro, saindo do banheiro.

— Ué, você veio de quê? De táxi, foi? Ou pegou uber? – mangou Judásio, exibindo o celular. O outro abaixou os olhos, pensativo, e disse:

— Depois eu conto.

— Então, vambora! Pega aquela blusa ali que o frio tá danado. Muita fome? – e antes que o irmão respondesse, Judásio emendou: – Vamo pegar o pê-efe lá perto da rodoviária que aqui, agora, só fazendo. E se eu for cozinhar vai ficar muito tarde.

Depois de duas horas, já satisfeitos com o jantar e Edinaldo de posse da mala, pediram café. Seu irmão falava, falava, falava de São Paulo, como se o outro, apesar do silêncio e o olhar desviado do seu, lhe fizesse seguidas perguntas sobre a cidade. Até que se cansou de se exibir. Tentou encarar Edinaldo e, mesmo sem encontrar correspondência no olhar, com tremor na voz, balbuciou:

— E pai? Como é que tá pai?

A resposta veio seca e dura:

— Mandou dizer que não educou filho pra ser ladrão, muito menos pra roubar seu próprio pai. Disse também que todo preto tem que tá virado no molho do coentro pra não dá motivo pra nenhum peba falar mal.

O outro emudeceu e abaixou a cabeça, o olhar perdido no

chão tentando se livrar da brutal vergonha que tentara domar até então. Edinaldo repetiu:

– Mandou dizer que não educou filho pra ser ladrão, muito menos pra roubar seu próprio pai!

E emendou:

– Morreu de tanto desgosto.

Com um gemido, Judásio passou a soluçar, curvou-se, todo contraído.

Apesar de estarem ocupando uma mesa em um canto discreto do restaurante, pessoas próximas perceberam a tensão entre os dois e olhares se acenderam na direção deles.

Edinaldo, enrijecido por um ódio súbito, só ouvia a voz do pai em um trecho da missão que lhe atribuíra no leito de morte: "Mata ele! Mata ele!..." E, enquanto o outro se sacudia em prantos, com a cabeça quase entre os joelhos, o irmão sacou o revólver da mala e deu-lhe vários tiros.

Já preso, Edinaldo, depois de ter emudecido ante as perguntas do delegado e ser conduzido a uma cela, ouvindo ameaças, sorri aliviado ao saber o teor da munição. Reflete sobre o quanto não valera de nada o roubo, pelo irmão, de parte do dinheiro da venda da única propriedade da família na Rua Menino Jesus. Tentava também reinterpretar a frase inteira do pai, quando, minutos antes de morrer, lhe entregara o revólver preservado ao longo da vida: "Toma. Tá carregado. Sei que tu não gosta de arma. Mas é preciso. Vai. Mata ele! Mata ele! E depois perdoa, meu filho. Ele é teu irmão. Quando eu encontrar tua mãe, explico tudo a ela. Faz como tô mandando. Só assim vou poder ter descanso." Em seguida, o genitor, de cara amarrada, digladiara com as dores até dar adeus à vida com os olhos abertos e fixos no vazio.

Enquanto toma o depoimento da vítima que, ainda em estado de choque, só chora, o delegado, tentando entender aquela situação, eleva a voz:

– Para de chorar, rapaz! Só tinha bala de festim no revólver.

Judásio estanca o pranto e emudece. Impaciente, o delegado deixa-o sozinho. Ele, de cabeça baixa, controlando as lágrimas já misturadas com uma tentativa discreta de riso, murmura:

– Perdoa, meu pai!... – e o pranto retorna com novas águas.

Na cela, em meio a lembranças e reflexões, Edinaldo abraça as grades e deixa sair por entre os lábios:

– A benção, meu pai! – e também não consegue reter a inundação dos olhos.

Motivo porco

Era um porco bem tratado. A milho e nada de lavagem. Quando não, comia abóbora madura que o dono comprava, com satisfação, só para ele, porco. Os outros porcos, que viviam na lama e não pisavam o tapete da casa, invejavam-no muito. Enquanto comiam lavagem azeda e mesmo fezes dos meninos, que cagavam por cima da cerca para terem o prazer de verem-se nelas comidos pelos porcos, estes planejavam vinganças contra o porco de estimação. Eles morderam-se de raiva quando souberam que ele até havia ganhado um colar com sininho, que avisava todos de sua presença. Esse porco, muito delicado, não ia ao chiqueiro. Tinha uma casa sua, própria, diziam os outros. De vez em quando passeava no laço com o seu dono. Ao passar perto do chiqueiro, os outros, inimigos, olhavam e roncavam invejas mil e os corações enchiam-se de ódio.

Quando da matança, o tal porco assistia de camarote. Ouvia o grito dos outros, a sangria dos outros. Logo que o dono lhe concedera aquele privilégio, achara um tanto incômoda tal situação, mas com o tempo se acostumara. Ria com satisfação, depurando os sofrimentos de infância passados no chiqueiro. Quando pequeno, era pisado ali pelos maiores e mordido pela mãe, que era uma fera. Seu primeiro sorriso foi quando ela teve seu fim por um matador que adorava ver o sofrimento alheio.

Entretanto, chegou a sua hora. Estava claro o dia e ele esperou sorrindo que lhe viessem trazer milho e abóbora madura. Mas não vieram. E água e sal. Mas, também não trouxeram. Começou a sentir algo cuja lembrança já estava longe: fome. Seu ronco delicado começou a se alterar. Apresentava, então, uma certa revolta de quem quer ferir. E o dono chegou sem comida, com um quê forte e frio no olhar. O porco privilegiado perdeu a sensibilidade das outras coisas e sentiu apenas medo. Demorou aquele olhar agourento. A portinhola da casinha confortável foi aberta. Começou uma perseguição acelerada. O homem ia de faca na mão, correndo, e ele, porco, à frente, com fome, com ódio, com medo. Entrou por todo buraco encontrado pela frente, se arranhou nos espinhos que surgiram, até que caiu exausto. Os passos apressados tinham desaparecido e o sol também. Estava debaixo de um arbusto de onde não ousou sair. A escuridão se estendeu completa. Estava emparedado no medo.

Uma luz começou a crescer perto de onde ele estava. Era uma fogueira feita por crianças. Adultos chegaram e começaram a conversar em voz alta. Medo maior ele experimentou. Tentou sair, mas ouviu latidos e se conteve. E os cães o acuaram. Eram três, que o levaram para dentro de uma casa que ele não conhecia. Gente estranha. Ele havia atravessado a cerca da fazenda e entrado no banheiro da propriedade vizinha, depois de percorrer longo trecho de mato. Ali, pôs-se a roncar muito alto, dolorido que estava e desanimado de fugir. As crianças, que tinham chegado depois dos cães e também o haviam encurralado, por fim se encheram de pena do animal. Era um porco com ar de bondade, jeito de bem tratado, e, como elas, injustiçado.

Ganhou casa nova por dois dias. "Nova" maneira de falar. Voltara para o chiqueiro. Um chiqueiro bem mais limpo que aquele onde viviam os marcados para morrer. Os outros não lhe deram muita importância, tristes estavam por pressentirem muita movimentação de gente no lugar.

    A noiva havia brigado com o noivo às vésperas do casamento. O rancor era tão grande que até falou com a mãe seu propósito de desmanchar tudo. Mas veio o temor do coronel-pai. Coronel sem estrelas, mas por todos assim chamado. A mãe disse à filha da necessidade de ter juízo, calma e, sobretudo, o senso de sacrifício. Casavam-se, afinal, duas famílias, duas enormes fazendas, duas grandes fortunas, enfim, que se tornariam no futuro uma só.

    Começou a matança. Dessa vez o porco delicado não assistia de camarote. Era um dos passíveis à execução. Pararam os gritos e chegou a comida. Desacostumado com aqueles restos, comeu assim mesmo, que a fome era muita. De repente alguns milhos foram atirados sobre ele, que se pôs a catar. Achou um olhar triste debruçado na cerca. Achegou-se, buscou carinho e achou, que porco também gosta disso. Duas lágrimas caíram-lhe sobre a cabeça. O dia seguinte trouxe-lhe mais carinhos.

    Gritos, fogos, músicas, danças e estrelas encheram a noite e, no outro dia, em hora de sol forte, vieram olhá-lo. Um olhar antigo, ainda faiscante de perseguição. Era o dono. A ordem de execução foi dada e seguida por essas palavras: "E depois assa e dá pra ela comer."

O dia de Luzia

Um tiro no peito matou o irmão no meio do matagal. Assinado: esquadrão da morte. O pai sumiu no mundo. Trouxas e mais trouxas de roupa vão sugando as forças da mãe magricela. Ela, por sua vez, saiu da favela para ser doméstica em bairro de gente rica. Foi esfolada pela humilhação das patroas. A prostituição abraçou-a com mãos de aço, depois de colhida a virgindade por um patrão. Aguentou por um tempo peso de homem e serviu de vaso de esperma. Apanhou de gigolô e ficou com uma marca de canivete no lado direito do rosto. Na boca do lixo, foi chamada muitas vezes de nega fedida. Na primeira oportunidade que teve, fez um bom assalto. Uma semana de gastos e no último dia sustentou porrete de policial, pontapés, tapas e socos, sem contar os xingos que já nem doíam mais. Cadeia.

O nome dela é Luzia Rodrigues, apelidada de Nega Sabina. Essa alcunha veio de um professor de história que metia bigode postiço e óculos escuros para frequentar a boca do lixo. Um dia foi com Luzia para a cama, no tempo em que ela fazia para os clientes um bom teatro com todo o seu fogo. No meio da cópula, arrombou a porta um marinheiro muito forte e gritou, enchendo o quarto:

– Luzia, eu quero tu agora!

– Pacheco!...

Ele a pegou nos braços como se fosse um pacote e desapareceu pela noite adentro. O professor ficou nu, na sua branquidão assustada, e cagado. Então, para não ficar feio, limpou-se com a invenção da história na qual ele fora vítima do rapto da nega "sabina" por um marinheiro louco que, depois, lhe pagou dois mil enrolado em desculpas. A história colou e a alcunha grudou para sempre em Luzia.

Com as mãos na grade, vê na cela em frente uma relação lésbica, quase totalmente protegida por um biombo de cinco detentas de costas para a cena. Uma companheira de cárcere, assassina do marido, de cócoras, pinta panos de prato. Outras três fitavam o vazio. As duas amantes se beijam na boca, roçam as vaginas, penetram-se com os dedos, acariciam-se fortemente como a querer uma se esconder na outra. Luzia sente inveja. Nunca aconteceu afago que se prolongasse, que tomasse, depois, rumo de convivência tranquila. Pacheco fora o único que a fizera experimentar um toque carinhoso. Mas desaparecia como por encanto e a largava atirada na vala da bebida. Era um grande desequilíbrio que experimentava com a ausência dele tão repentina. Ela, então, xingava, agredia quem pudesse, mas acabava mesmo era se entregando inteiramente ao álcool até que se acostumasse novamente com aquela falta.

As outras duas agora descansavam abraçadas em um canto da cela em frente e as demais dispersas pelo ambiente. A mais nova troca um olhar cheio de infinito com Luzia, enquanto a parceira ressona. A noite chega. Uma lágrima brota do olho direito de Luzia e brinca de escorregador em sua cicatriz. Necessitava de conversar, toca uma companheira de cela, a única com quem dividia confidências, mas ela dorme profundamente e ronca, sonhando, na certa, com o dia seguinte, dia de visita na prisão. Será mais uma ocasião de Luzia encarar os olhos da mãe brilhando interrogações; o dia de pão com goiabada comprado com o dinheiro da roupa lavada e passada com esmero, jornada após jornada; o dia de chorar muito sem soluçar, e receber o cafuné que sempre apazigua seus ímpetos e a invade com imensa saudade quando se vai. Aflita de frustrações, ela se esqueceu: aquele será o dia de sua soltura. O cafuné será demorado e suas lágrimas poderão deslizar em paz até que a mãe encontre palavras para noticiar a morte de Pacheco.

Conto no copo

Acumulava graça e beleza desde os catorze anos. Desabrochou aos dezoito, solapando os corações dos românticos e ativando a baba dos carnais. Alguns sonhavam com ela nas prostitutas e muitas vezes possuíam-na em divagações intensas. Apesar das frustrações das investidas sublimadas, poucos ousaram uma aproximação de fato. E ninguém conseguiu ter sucesso. Segurando o desejo e resistindo às cantadas, ela chegou à maioridade pura e fresca, com um corpo de saltar olho de padre celibatário. Era boa de coração, mas não religiosa. Estudiosa, isso sim, de acumular informações de toda ordem. Tinha cabelos compridos e ideias gordas e longas, recheadas de bom molho enciclopédico.

Cheguei a sonhar com ela, mas confesso que diante de mulher culta não me sentia à vontade. Por isso andei sempre à deriva de seu rebolado. Vez ou outra, sabia de gente se afogando em bebida por causa dela. Para a minha segurança, mergulhava a sua imagem no esquecimento.

A família da moça não era rica, mas cheirava à casaca e caviar. Aproximação, portanto, eu um pobre coitado, jamais.

A sua virgindade recebia pitadas contestatórias nas conversas dos rapazes da vizinhança. Incomodavam-se com aquela barreira de pureza. Se não fosse com o pai ou com a mãe, ela não saía. Contudo, um dia o nó afrouxou e, então, caiu nos braços de alguém.

Tomo um gole de tristeza nesta cerveja.

Para infelicidade, os braços eram os meus.

De supetão fui seduzido numa sessão das dez. Cinema do centro, não supus mulher. Espantei-me quando saí no claro e vi o rosto. Meio tonto, aceitei, travei conversa e temi as consequências. Contou-me sua vida num sopro e me balançou com tanta racionalidade. Aludiu a um curto contato de infância, dando-me certezas de amor. Naquela mesma noite caímos juntos num lençol de soluços e canção rítmica de colchão de molas. Dormimos, eu via direta paraíso dos sonhos. Descobri que possuía nuvens e mulheres coloridas escondidas dentro de mim.

Já estufado das fantasias oníricas, fui sacudido pela voz real dela, ainda dormindo, chamando:

– Antônio... Miguel... Pedro... João, é você?

Eu era e continuo sendo o Sebastião... Apesar de que, às vezes, não tenho tanta certeza.

– Garçom! Por favor, traz mais uma cerveja.

Aceita um copo, leitor?

É a terceira sobre a mesa. E ela não vem...

Tratamento

Era bem de vida, comerciante cheio de orgulho, apesar das misérias que trazia por dentro, uma delas a inveja do vizinho melhor sucedido (casa mais bonita e maior, automóvel do ano, profissão de prestígio). Olhava-o sempre imaginando violências que não deixava sequer transparecer.

"Bom dia, doutor!", dizia, quase se curvando. E ruminava: "Negro miserável!"

Todo furúnculo um dia vaza.

Uma pequena contrariedade acerca da amoreira do vizinho que lhe enchia de frutinhas pretas o quintal cimentado, foi fazer a queixa (suas as misérias internas em brasa). Diante do portão do doutor, sem querer ouvi-lo discorrer sobre os benefícios da amora para a saúde, foi grosseiro:

— Tá pensando que sabe muito, seu nego besta?! — disse, empurrando-o.

Teve dois dentes quebrados pelo cirurgião dentista. No chão, atordoado, ouviu:

— Pega o meu cartão, racista de merda! Passa lá no consultório que eu faço um precinho bom pra você.

Suicídio

Segura a mão de unhas esmaltadas como quem se agarra ao último galho no abismo de si mesmo. Mas, a mão delicada e bela, mesmo quente, está inerte. Contempla aquele rosto mergulhado na sedação e rememora os bons momentos em família. Os pensamentos retornam com a pergunta: "Por quê?" Assistir ao ocorrido pela TV fora um choque de três dimensões. Uma delas a possibilidade da perda. A outra, o choro agudo de Kamal ao abraçá-lo, depois de identificar a imagem da vítima e fazer inúmeras perguntas. Por fim, a dimensão fraterna revelando-se em remorso, indignação e perplexidade. "Por que o irmão cometera tal desatino?", pergunta-se aflitivamente.

A memória rodopia e o passado se impõe, com a chegada de Galeno naquela madrugada fria de domingo, há quatro anos atrás.

Depois que Lauro abre a porta, ambos trocam sorrisos e um aperto de mão. Na sala, acomodados em poltronas vermelhas, um espera o outro romper o silêncio. Lauro inicia:

– Como vai, Galeno?

– Tudo bem!... – responde mecanicamente. Rugas em sua testa exaltam-se para, em seguida, distenderem-se, deixando no rosto a expressão de um abissal desânimo.

De novo o silêncio. Lauro desliga o interruptor de luz,

pensando que o escuro possa ajudar a destravar o diálogo. Estranha o irmão não ter perguntado do sobrinho Kamal, de apenas um ano, órfão da mãe que morrera no parto. Receoso de que a conversa possa acordá-lo, o pai cuida de fechar a porta do quarto onde o menino dorme. Galeno acende um cigarro. Seu rosto maquiado sobressai na escuridão com a chama do isqueiro. A minúscula brasa é reavivada com sofreguidão, furando o escuro.

– Não consigo mais viver – exprime-se depois de longa tragada. E continua: – É uma fantasia idiota o que vivo. Vivo sendo chamada de bicha preta o tempo todo!... Não aguento mais isso. Ainda querem que faça papel de estuprador violento na cama...

A brasa mais uma vez é realçada. Lauro teme que o irmão se queixe novamente da falta de amor familiar. Juntamente com duas moças, eram filhos de pais pouco afetivos. Elas, mais velhas, cedo haviam se casado. Os rapazes haviam restado sob as ordens do pai, um major reformado, autoritário e moralista, cuja rigidez os afetara brutalmente, principalmente Galeno, que, esbraseando a escuridão, prossegue:

– Cansei de lutar, de aturar humilhação... Decidi: vou dar um fim na minha vida. Vim avisá-lo.

– Gosto de você, Gal. Você é meu irmão. Mas não vou ser o seu cúmplice! – Lauro diz de pronto. Pensa o quanto o protegera antes de seus pais saberem da vida sexual dele e tomarem a decisão de expulsá-lo de casa. Na ocasião pensara em ir junto, mas temeu a represália paterna. Era estudante de engenharia e, diferente de Galeno, que já trabalhava, dependia do major para continuar os estudos. Assim, permanecera sob as ordens do pai, de quem escondia todo e qualquer comportamento que pudesse desagradá-lo.

– É ao cúmplice que eu vim dar adeus. Você só me aturou até agora. Essa pena que você tem de mim sempre me humilhou. Você é só o disfarce de nosso pai e nossa mãe.

– Não vou ser seu cúmplice! – Lauro, de novo, demonstra firmeza, tentando intimidar o irmão.

Galeno silencia. Acende outro cigarro, levanta-se e, sem estender a mão, abre a porta e sai, fechando-a com extrema delicadeza, deixando Lauro na penumbra com o coração trepidando um pavor de morte.

Clareia. Ele, de olhos abertos, pensamento vagando, esgotado de refletir, caminha pela sala. O filho chora. Vai atender.

Na semana tenta contatar o irmão. Sabe que os sumiços dele, desde o falecimento dos pais, são constantes. Lá um dia liga, marca um encontro e, então, conta seus casos amorosos, frustrações e indignações. Mas, ante a promessa de o irmão se matar, Lauro entende que a situação é outra. Vai até a casa dele. Tem a notícia de que se mudou. Procura-o nas redes sociais, porém, sem sucesso. Arrepende-se de não ter tentado demovê-lo daquele intento. Tortura-o a ideia de se deparar com o cadáver de Galeno. Sem referência de novas amizades dele, tenta algumas antigas, mas toma conhecimento de que ele havia rompido com elas. Percebe a premeditação. Assim, a lembrança do irmão veste-se de morte e atormenta-o.

Busca apoio nas irmãs, que lhe dão conselhos, mas não se engajam, cúmplices que são da herança punitiva dos pais.

Um mês de procura em hospitais, delegacias, IML, depara-se com ele, trajando terno e gravata, o cabelo cortado bem baixo, uma pasta na mão, a outra presa à de uma mulher branca, portando vestido comprido, de cabelos longos, sem pintura ou qualquer adereço. Ao passar, Galeno apenas olha com desprezo e segue, para não mais reconhecer o irmão, que permanece aturdido no meio da calçada e, agora, no quarto de hospital experimenta sentimentos que se digladiam.

    Segura as mãos de Luciano que, inconsciente, se recupera da cirurgia depois do atentado à faca. Lauro reflete sobre a discrição severa que sempre o levou a evitar se expor. O companheiro era diferente, expansivo. Juntos criaram o filho, agora com cinco anos, em uma vida conjugal plena, a despeito das importunações diversas, inclusive das irmãs. Com ele iniciara, na véspera, uma discussão para que não fosse à passeata LGBT. Mas se conteve diante dos argumentos do companheiro a favor das mudanças necessárias para a sociedade que se tornara mais homofóbica depois das últimas eleições presidenciais.

    No retorno do evento ele fora atacado. Ao receber a ligação do hospital, Lauro já estava abraçado com o filho, que reconhecera no telejornal a foto de Luciano, mas não podia saber do tio Galeno, que também aparecera na reportagem, algemado a outros dois agressores, todos com cabeças raspadas e vestidos de verde e amarelo.

Sonho

Acordou muito suada entre as pernas. O marido roncava. Olhou-o demoradamente, como a um estranho. Aquela palidez por vezes a incomodava, quando era surpreendida pelo contraste com sua tez escura. Algo indizível tremia em seu íntimo. A luz da consciência foi recuando diante da insistência da sombra. Naquele rosto contemplado, o nariz estreito ganhou asas, sua boca-um-risco foi premiada com a expansividade de dois carnudos lábios, os cabelos loiros e escorridos tornaram-se pretos e crespos, a pele adensou-se em melanina.

Era a presença do ex-marido, cuja imagem, repetidas vezes, se sobrepunha à do homem com quem partilhava as segundas núpcias. Quando isso ocorria, era tomada de intensa excitação. Como quem tenta sair de um abismo, ela sacudiu o parceiro, bolinou-o e ele, ainda sonolento, mas ereto, abraçou-a e logo em seguida a penetrou. Rapidamente explodiu a quentura dos corpos. Quando ela o sentiu líquido dentro de si, pensou em um filho mestiço, esquecida do anticoncepcional de que há anos fazia uso.

Conto

Tinha me contado que o seu pai era racista. Mas racista antigo. Desses que não usam tapinhas nas costas da gente e nem dizem que "tenho gente de cor na família". Eu quis ver de perto. Mas meu amigo não concordava em me levar à sua casa. Era, por hereditariedade, fortemente refratário ao assunto. Dissera aquilo do pai num susto, quando certa vez, inocente, intentei fazer-lhe uma visita.

Um dia, de tarde, peguei-o no pulo. Lá vinha ele com o genitor num papo gostoso, imagino que cheio de esquemas de futebol e sonhos de copas do mundo... Eu e meus amigos – todos negros – estávamos em seis. Dava pra balançar qualquer ambiente racial-democrático. Ele esfriou no alto de um riso quando nos viu. O velho, então, mastigou um silêncio trêmulo com rugas contraídas, como se posicionando para combate. Me conhecia de longe, sabia da minha amizade com o filho. Este fechou a cara e ia fingir que não tinha me reconhecido, mas não deixei:

– Fala, Pedrinho!

– Ô, Sebastião! – respondeu ele com o rosto em chamas. Na camaradagem me chama de "Tião".

– Tem fósforo aí?

A turma parou e cumprimentou ele também. Fez uma roda.

O velho parecia que ia estourar. Estava como um sinhozinho – o que me diria mais tarde entre pedidos de desculpa – cercado de quilombolas. Meu amigo branco me deu o fósforo e eu fui mais além. Convidei-os para tomar cerveja. Quiseram recusar, mas a democracia racial que eles falsamente aceitaram em suas vidas não deixou. O pai relutou, mas a mentira venceu e caminharam com a ilusão oficial nas costas. Amarrou a cara com nó cego e foi com a gente feito um autômato. Puxamos cadeiras.

Meus companheiros não sabiam dos sentimentos do velho e começaram a conversar à vontade. Ele não falava e, às perguntas, respondia com um tom seco e foi enxugando cachaça com muita rapidez. Até sorrir, depois de aderir à cerveja. Quando sorriu, seu filho me ofereceu um cigarro dos seus, que não aceitei. Aí, ele me perguntou:

– O que é, Tião, você é racista? – tentou canhestramente retomar nossa antiga amistosidade.

– Deixa o racismo pra lá – disse o pai, rubro de álcool.

– Tudo bem. Mas...

E passamos a conversar sobre preconceitos e as confidências e opiniões foram rodopiando embriagadas. Eu não ria para que eles soubessem que eu não aceitava o racismo nem coberto de risadas ou com aparência de brincadeira. Meus companheiros perceberam e levaram a conversa a sério também. E falamos de nossas impressões.

Noite. Saímos todos com um compromisso maior montado em uma tontura triste.

Em um outro dia, quando os encontrei, os dois, bem reestabelecidos da ressaca, o filho naturalmente me chamou de "Tião" e o pai me deu um tapinha nas costas. Eu quase sorri.

Sobre o autor

Cuti é pseudônimo de Luiz Silva. Nasceu em Ourinhos-SP. Formou-se em Letras (Português-Francês) na USP, em 1980. É Mestre em Teoria da Literatura (1999) e Doutor em Literatura Brasileira (2005) pelo Instituto de Estudos da Linguagem da Unicamp. Foi um dos fundadores e membro do Quilombhoje-Literatura de 1983 a 1994 e um dos criadores e mantenedores dos Cadernos Negros de 1978 a 1993, série na qual publicou seus poemas e contos em 41 dos 42 volumes lançados até 2019. Tem também publicado diversos textos em antologias, incluindo ensaios.

OBRA POÉTICA E FICCIONAL: *Poemas da carapinha*. São Paulo: Ed. do Autor, 1978; *Batuque de tocaia*. São Paulo: Ed. do Autor, 1982 (poemas); *Suspensão*. São Paulo: Ed. do Autor, 1983 (teatro); *Flash crioulo sobre o sangue e o sonho*. Belo Horizonte: Mazza Edições, 1987 (poemas); *Quizila*. São Paulo: Quilombhoje, 1987 (contos); *A pelada peluda no Largo da Bola*. São Paulo: Editora do Brasil, 1988 (novela juvenil); *Dois nós na noite e outras peças de teatro negro-brasileiro*. São Paulo: Eboh, 1991 / Belo Horizonte: Mazza Edições, 2009 (2ª ed.); *Negros em contos*. Belo Horizonte: Mazza Edições, 1996; *Sanga*. Belo Horizonte: Mazza Edições, 2002 (poemas); *Negroesia*. Belo Horizonte: Mazza Edições, 2007 (poemas); *Contos crespos*. Belo Horizonte: Mazza Edições, 2008 (poemas); *Poemaryprosa*. Belo Horizonte: Mazza Edições, 2009; *Kizomba de vento e nuvem*. Belo Horizonte: Mazza Edições, 2013 (poemas); *Contos escolhidos*. Rio de Janeiro: Malê, 2016; *Tenho medo de monólogo & Uma farsa de dois gumes: peças de teatro negro-brasileiro*. São Paulo: Ciclo Contínuo Editorial, 2017; *Negrhúmus líricos*. São Paulo: Ciclo Contínuo Editorial, 2017 (poemas).

PRODUÇÃO ENSAÍSTICA: *Um desafio submerso: Evocações, de Cruz e Sousa, e seus aspectos de construção poética*. Campinas (SP): Unicamp, 1999 (dissertação de mestrado); *Moreninho, neguinho, pretinho*. São Paulo: Terceira Margem, 2009 (Coleção Percepções da Diferença – Negros e Brancos na Escola); *A consciência do impacto nas obras de Cruz e Sousa e de Lima Barreto*. Belo Horizonte: Autêntica, 2009 (tese de doutorado); *Literatura negro-brasileira*. São Paulo: Selo Negro, 2010 (Coleção Consciência em Debate); *Lima Barreto*. São Paulo: Selo Negro, 2011 (Coleção Retratos do Brasil Negro); *Quem tem medo da palavra negro*. Belo Horizonte: Mazza Edições, 2012.

COAUTORIA: ALVES, Miriam; XAVIER, Arnaldo; CUTI [Luiz Silva]. *Terramara*. São Paulo: Ed. dos Autores, 1988 (teatro); ASSUMPÇÃO, Carlos de; CUTI [Luiz Silva]. *Quilombo de palavras*. Franca: Estúdio MIX, 1997 (CD – poemas); LEITE, José Correia; CUTI [Luiz Silva]. *... E disse o velho militante José Correia Leite*. São Paulo: Secretaria Municipal de Cultura, 1992 / São Paulo: Noovha América, 2007 (2ª ed.) (memórias); CUTI [Luiz Silva]; FERNANDES, Maria das Dores. (Orgs.) *Consciência negra do Brasil: os principais livros*. Belo Horizonte: Mazza Edições, 2002 (bibliografia comentada); CUTI [Luiz Silva]; KINTÊ, Akins [Fábio Monteiro Pereira]. (Orgs.) *Pretumel de chama e gozo: antologia da poesia negro-brasileira erótica*. São Paulo: Ciclo Contínuo Editorial, 2015; CUTI [Luiz Silva]; LOPES, Vera. Tenho medo de monólogo. In: CUTI [Luiz Silva]. *Tenho medo de monólogo & Uma farsa de dois gumes: peças de teatro negro-brasileiro*. São Paulo: Ciclo Contínuo Editorial, 2017.

Sites: www.cuti.com.br – www.quilombhoje.com.br
www.letras.ufmg.br/literafro – www.lyrikline.org

Índice alfabético de títulos

A pupila é preta, 73
Abraço do espelho, 11
Atalho no descaminho, 23
Conto no copo, 93
Conto, 103
Custo de vida, 7
Identidade ferida, 39
Incompatibilidade, 35
In-parte, 41
Juízo final, 59
Linha cruzada, 47
Mão boba, 9
Memória suja, 77
Motivo porco, 85
O dia de Luzia, 89
O roubo, 25
Obstáculos, 43
Sonho, 101
Suicídio, 97
Translúcio, 61
Tratamento, 95
Um retorno, 21

Esta obra foi composta em Arno Pro Light (texto) e Elephant (títulos), impressa pela gráfica JMV sobre papel Polen Bold 90g para a Editora Malê, em maio de 2025.